人生很短，我决定活得有趣

李 冰 著

中国·武汉

图书在版编目(CIP)数据

人生很短,我决定活得有趣 / 李冰著. —武汉:华中科技大学出版社,2022.4(2024.1重印)

(雪候鸟)

ISBN 978-7-5680-8029-3

Ⅰ.①人… Ⅱ.①李… Ⅲ.①散文集—中国—当代 Ⅳ.①I267

中国版本图书馆CIP数据核字(2022)第029732号

人生很短,我决定活得有趣　　　　　　　　　　　　　李　冰　著
Rensheng Henduan, Wo Jueding Huo de Youqu

策划编辑:	娄志敏　杨　帆
责任编辑:	章　红
封面设计:	刘林子
责任监印:	朱　玢
出版发行:	华中科技大学出版社(中国·武汉)　　电话:(027)81321913
	武汉市东湖新技术开发区华工科技园　　邮编:430223
印　　刷:	湖北新华印务有限公司
开　　本:	880mm×1230mm　1/32
印　　张:	7.25
字　　数:	152千字
版　　次:	2024年1月第1版第8次印刷
定　　价:	39.80元

本书若有印装质量问题,请向出版社营销中心调换
全国免费服务热线:400-6679-118　　竭诚为您服务
版权所有　侵权必究

CONTENTS 目录

First

要么脱俗，要么无趣、孤独

一个人，一碗粥，自得其乐　003

身在陋室，但心有高堂　009

失去好奇心，就失去了一半的乐趣　015

读书与不读书，就是赢与输　021

有人周游世界，有人坐井观天　027

有趣的人，都有一身的幽默细胞　033

没有放不下的手机，只有填不满的内心　039

人生很短，
我决定活得有趣

Second
和所有的有趣相遇

你为什么慌慌张张，匆匆忙忙　047

没有认真倾听过，你就不知道他有多可爱　053

一心一意，这个世界才会有趣　060

好的爱情能让你保留更多自我　067

对"旧爱"说再见，你才能自我治愈　073

一辈子很短，不如变着花样去爱　079

抱怨是感情世界里的一颗毒瘤　084

Contents
目录

Third

无论如何，你和世界要有点不一样

不必为了适应世界而强装世故	091
你那么死气沉沉，注定无趣无味	099
最好的时光在路上	106
没什么的，大不了重新出发	111
做个识趣的人，才最有趣	116
有趣无关年龄，无趣无关身份	121
做最可口的饭菜，讨好最忙碌的自己	128
做一个能挣钱养家，也能貌美如花的人	133

人生很短，
我决定活得有趣

Fourth
不将就，才能把日子过成诗

让365天的节日变得有趣　　141

在柴米油盐里寻找生活的诗意　　152

一不留神，就把自己活成了祥林嫂　　157

不将就，生活才有B面　　162

为什么你张口闭口说无聊？　　169

如果不出去走一走，你会以为这就是全世界　　174

把生活熬成一锅鲜美的汤　　179

最朴素的生活与最遥远的梦想　　184

Contents
目录

Fifth　永远别放弃做个有趣的人

认清生活残酷的真相，但依然热爱生活　191

人生并不长，干吗不做个有趣的人？　196

因皮囊自寻烦恼，不如去找找有趣的灵魂　201

不去消耗别人，也不要被别人消耗　206

享受角度转换的乐趣　211

灵魂有趣，任何生活都会变得超级甜　216

时间去哪，你的灵魂就在哪　220

First

要么脱俗,要么无趣、孤独

一个人，一碗粥，自得其乐

子琳是北京一家著名出版社的资深编辑，她花了整整五年的时间才在公司站稳了脚跟。可就在工作顺风顺水、前途一片光明的时候，她却选择了辞职。

第一次，领导直接驳回了她的辞职报告。她想了想，又递上去第二份。领导有些疑惑：如今子琳工作能力稳步提升，工资也上涨了不少，只要接着好好干，年底肯定会得到提拔，为什么要选择在这个时候辞职呢？

但子琳态度坚决，义无反顾。对于未来的路，她早已做好了另一番打算。办理完手续，再收拾好行囊，她去了武汉——那个她曾经上学的地方，也是她最喜欢的城市。

她说，只有远离人群，才能找到自己。以前的生活方式太顾及别人的想法，关于就读的学校、选择的专业、工作的类型，甚至生活的城市，都被家人安排得明明白白。既然活一场，那总要

人生很短，
我决定活得有趣

有一次是自己说了算的。

在接下来的一段日子里，她赋予了自己新的角色。

白天，她是辅导机构里的一名兼职老师；晚上，她又是绘画学习班的一名刻苦学生。很多人对她放弃本专业另谋他职的行为感到不解，觉得没有必要把自己折腾得这么辛苦，说不定到头来，专业工作丢了，绘画学习也是竹篮打水一场空。

可无论别人怎么质疑，子琳都勤勤恳恳，一如既往。每天的忙忙碌碌，在别人看来是辛苦，而她却乐在其中。因为她知道，在她心中有一个隐藏了多年的梦想。

每天工作一结束，她便埋头于绘画，对于老师布置的课外作业，有时候为了达到一个更高的水平，她要花费十几个小时来完成一幅作品。所以闲暇之余，她并没有更多的时间和往常一样逛街聚会、吃饭喝酒。就这样，身边朋友的聚会不再有她。被众人抛下的子琳却认为这并不是一件坏事，一个人，少了对众人的诸多应付，反而会有更多时间、更多心思扑在自己的工作和学习上。

在大多数人追捧圈子文化，费尽心机想要挤进一个自己并不适合的群体，以期得到一种庇佑和认可，继而被定义为合群之人的时候，子琳却从往日热闹的圈子中退出了。

以前和一大群人一起吃饭，每个人都有不一样的口味，有人无辣不欢，有人却偏偏口味清淡，为了迁就和成全他人，她总是会为难自己吃一些不太喜欢的食物。在饭桌上，每个人都想要

First
要么脱俗，要么无趣、孤独

主导"话局"，所以一会儿是明星娱乐八卦，一会儿又是时装潮流。虽然无比热闹，可并没有谁能真正用心听懂别人的话。光是吃一顿饭，就要花费几个小时。

现在远离了人群，自己吃饭却更能知晓自己喜欢的口味，更能品出饭菜的滋味。原来我们需要的并不是随时随地的热闹，而是明白自己的心意，并遵从自己的心意。

成群结队的所谓好友，不如三五零散的知音。如果知音求而不得，也不要轻易让自己随波逐流，此刻就算孤独，也要学会适应它、享受它，并且要始终相信，终有一天你会等到自己盛开的繁华。因为你拒绝的是庸俗，接纳的是自己。

认识到了这一点，子琳也慢慢学会享受自己现在的生活，焦虑浮躁的心也渐渐变得淡定和从容。每天的生活节奏简单而紧张，她也因为这份忙碌和专注而备感充实，自得其乐。

无聊的人总是乐于追逐，而有趣的灵魂却在发现自己。

子琳选择的绘画课程是网络授课，为了给自己创造浓郁的学习氛围，她将自己所有的课外绘画作品都打印出来挂在墙上，并且按照时间顺序给每幅作品编上了序号，老师给她的每一句评语，她也一字不落地写上。

有一次，她上班走得匆忙，忘了关好客厅的窗户，中午的时候突然狂风大作，继而下起了瓢泼大雨。等她下班回到家时，墙上挂着的画已散落一地，有一部分还被渗进的雨水湿透了。她小心翼翼地从地上将那些淋湿的画幅捡起来，将它们转移到干燥的地面。等她安置好那些画稿，才发现不知不觉间已经画了整整一百张画稿。而那厚厚的一沓稿纸，凝聚着她下班后一个人钻研的无数个夜晚，那是一条长长的时间线，也是一道艰难的进步梯。

有人觉得人生乏味又绵长，都说自己是不一样的烟火，却也几乎无力掀起生命的一点波澜。而真正有趣之人却并不关注生命的绵长，他们总是想方设法去探索生命的另一种味道。哪怕在别人看来这条路孤寂又漫长，但他们依然能坚持初心，趣味盎然。

初级阶段的课程结束了，子琳并没有因此停下来，而是继续报了一个进阶班的课程。上次课程结业的时候，她被老师推选为班级最出色的学员，并给她推荐了一些就业资源。而子琳的梦想就是成为一名职业的儿童绘本插画师，她很高兴自己勇敢地迈出了第一步。

朋友都说，子琳就像一面镜子，当站在这面镜子前看着自己的时候，只看到了一副丢进人群便立马被遗忘的脸。这无关长相，而是面对生活的一种态度。很多人甘愿日复一日、年复一年平庸地活着，很少去思考自己真正想要的生活是什么样子的。在一群人的包围之下，一点一点将自己沉入人海。

有些人害怕独处，一个人待的时间长了就会不知所措，继而空虚无聊。

所以，大多数人都喜欢热闹，于是最后在热闹的人群里失去了自己；而她宁愿忍受孤寂，继而在生活的单调中雕琢自己。

First
要么脱俗,要么无趣、孤独

多年以后,她也许会拥有一个自己梦想中的绘画工作室,她会用自己喜欢的生活方式来度日。如果想到从前,她会感激自己没有随波逐流,也会感激自己一个人度过的那段学习时光。而我们,只不过会数着明天的日子,像翻版一样将今天复制进去,然后再接着去数下一个明天的到来。

很早以前,笔者无意间关注了一位叫"老树画画"的博主,那个时候他还没有铺天盖地的名气,只是因为看到了他的作品觉得清新淡雅又别致,再加上他在画面上题写的诗句,虽然寥寥数语,但总能打动人心,所以对他的状态便格外留意。

他的微博并不会频繁地更新,但每次有了新作品总会让人激动不已。比起他的画,他的诗句读来总是令人心旷神怡,茅塞顿开。

他曾经写过这样一首诗:"人和人在一起,话都说得太多。能有多少事情,值得这样啰唆?何如以猫为伴,相互处之以默。看看疏淡风景,听着秋风吹过。"还有一首是这样写的:"看过海上繁花,又坐竹下短亭。偶尔人前走走,到底还是独行。"

出自他手的还有很多类似的诗句,在不长的时间里迅速流行开来。想来,他的画和诗之所以受到大家的追捧,一方面是因为大家对自己的现状不满,另一方面也是因为无法为这种不满意找到一个更好的解决方法。而他的诗句恰好道出了一些人的心声,所以就可以轻易打动别人。

而今,年轻的一代,大多都是在异地求学和工作,当身边的朋友散场，我们面对的都是一个人的时光。其实，独处时，我们只需要一个有趣的灵魂做伴，便可以将这段时光经营得多姿多彩。

可能你目前的生活状态正是一个人挤地铁上班，一个人在食堂吃饭，一个人赶公交下班，一个人去超市购物。但你无须为此感到彷徨，因为当你能把自己一个人的生活过得有滋有味，能从一个人的生活里找到快乐的时候，就是你变得有情趣的时候。你不会刻意去寻求他人的陪伴，附和着别人的喜好，隐藏起自己的心意去赴约。

一朵花，只要它尽情地盛开，释放自己，就能引来美丽的蝴蝶。我们自己也一样，独处的时候，去提高自己，让自己变得优秀，就一定能等到一个与自己相匹配的人。

真正意义上的有趣是由内而外的，它是一种灵魂深处散发的幽香，在无人言说的茫茫深夜，在必须独处的寂静时光，在无人捧场的暗淡舞台，这种幽香会飘散出来，带你找到最靠近自己的那个方向。我们由此会觉得充实有意义，也会觉得快乐而自在。哪怕只是一个人，一碗粥，也能自得其乐。

生活的精彩和不精彩不在于身边人多、人少，而在于我们如何去选择，以及怎么去改变。如果你懂得与自己相处，生活就不会寡淡，反之，你的生活只会剩下空虚。即使日日欢闹喧腾，歌舞升平，也只不过是繁华的假象。

身在陋室，但心有高堂

卢梭说："人是生而自由的，却又无时不处在枷锁之中。人类向来认为自己是万物的主宰，但事实上，他们比其他任何事物所受的奴役都要多。"

有人住高楼，有人在深沟，有人光芒万丈，有人一身锈。千万种不同的境遇，自然也有千万种不同的心境。因为我们对未来有所期许，所以总要于困苦中寻求一种可贵的精神支撑。有了这种信念的铺垫，即便你真的身处陋室、深沟，都会因为心系高堂而跃出谷底。生而为人虽然是自由的，但同时也有很多禁锢。有人为贫穷所限，有人因残疾受阻，也有人被认知圈定，无论怎样都迈不出自己眼前的小世界。

第一次读余秀华的诗，就震惊于她大胆激烈的言辞，从诗行里的字句看她，有时候是一位意气风发的侠女，有时候又是一

**人生很短，
我决定活得有趣**

位柔情似水的姑娘，有时候也是一位形单影只的闲者。仿佛她有千百个灵魂，化身在不同的诗句里，每一句诗都有一种不一样的味道。而这些味道，就是她寄身于世的安乐之所。

人们读到一篇动情的诗歌，总会联想一下作者的样子。当余秀华的故事细节还没有被发掘出来的时候，很多人在脑海中对于她的第一印象总是倔强又傲气、独立于世的豪放诗人形象。但是，在读到她的故事以后，心里树立的这种形象就轰然倒塌，不禁心头一颤：原来她的经历并非我们想象的那么简单。

余秀华出生在一个普普通通的农村家庭，由于是逆产，脑部严重缺氧，让她一出生便患了脑瘫。在她长大成人以后，生活行动也因此变得不便，说起话来也不像正常人那样口齿清晰，从小遭受了很多人异样的目光。单单是这一段经历，就很难让人把她和诗人的身份联系在一起。如果把我们的身体比作是一座房子，那么这座房子的主人就是我们的灵魂。有时候，世间的风雨磕碰会让这座房屋受损，但灵魂的栖息并不会因为受损的房屋而枯竭凋萎。

对于正常人来说，两岁的孩子大都走路已经很稳了，但余秀华却是在六岁的时候才学会走路。走路这件在旁人看来再简单不过的事情，对于六岁以前的她来说，却异常艰难。那时候，她都是在院子里爬过来爬过去。家人为了帮助她学会行走，特意给她打造了一个学步车。在学步车里待过一段时间后，家里人又帮她把学步车换成了拐杖。就这样一步一步地，她终于能自己独立行走。虽然是摇摇晃晃地，但已经让她相当开心了。

　　我们或许并不能真正体会到她在学步期间的辛酸，但可以确定的是，在这个残损坏破的身体里住着的，是一个高贵而向往自由的灵魂。越是被否定，就越是想要证明自己；越是被阻拦，就越是想要飞得更高。当她支撑着身体摇摇晃晃站起来的时候，就是她挣脱禁锢的第一步。虽然身患残疾，但这并不影响她心生期盼。

　　在很多人的人生经历中，高中似乎是一段最美好的时光，尤其是高中毕业的那段日子，告别紧张高压力的昨天，迎接崭新又充满希望的明天。但余秀华高二都没有上完，更别说踏入大学。辍学以后，她就赋闲在家，等着母亲给她寻找一个靠谱的婆家，然后结婚成家，生孩子，干农活。那一年，她才十九岁，就在家里人的安排下和同村的一个比她大十二岁的男人结了婚。余秀华称这段婚姻为"非自由恋爱下的婚姻"。她坦言自己的婚姻并不幸福，虽然两个人有了孩子，但彼此看对方都不顺眼。大多数的日子里，他们都在吵架，丈夫看余秀华写诗不顺眼，而余秀华看丈夫也不顺眼。两个人没有一点共同话题，一点也不能理解对方的世界。他们之间矛盾重重，彼此都不开心。

　　这段婚姻对余秀华而言就是一片苦海，她在苦海里煎熬，始终不得上岸。余秀华很早就萌生了离婚的念头，只不过在沉重的世俗观念面前，这种想法想要实现是很难的。首先站出来反对的便是家里的长辈，在他们看来，余秀华本身身体有缺陷，现在能找到一个老公，还有了自己的孩子，就应该踏踏实实地过日子，离婚实在是一个令人匪夷所思的选择。这重重的阻碍，让她一次又一次将这个念头压了下去，继续将自己沉入那片苦海之中。

有一次，她脑海里突然萌生了出去乞讨的念头。她到市里面的一个天桥上，看到桥两旁很多跪着行乞的人，她看得出了神。想到自己的将来一片迷茫，想要养活自己必须得有一个出路。自己能不能和他们一样，往天桥上一跪，再放个碗，等着别人施舍一点零碎的钱财呢？当时这种想法在她的脑子里特别强烈，她甚至找来了一个碗，寻了一块"风水宝地"，还刻意装扮了一下自己的形象，让自己看上去更像一个真实的乞丐。但是，最终她没有成功，因为她实在是跪不下去。扔掉碗，她不再执着于此，而是寄情于笔，转念于诗。

都说生活的不如意十之八九，对于余秀华，那仅剩的一二乐事也不能幸免。身体和生活都是打击，婚姻和未来都是苦闷。但好在，她有诗。她用诗来修补生活的种种残缺，当周遭像死水一样寂静时，她的诗就是她波澜不惊的生活里的歌谣。在走不出去的封闭农村里，她和别人不一样。他人有健全的四肢和健康的身体，但却平淡寡味，一天又一天，只是从日子的这一头挪动到了另一头。而余秀华则在生命这方水塘里尽力拍打水花，在她写下的诗句里，有愤恨，有忧愁；有悲伤，有喜悦；有回忆，有展望；有亲情也有爱情。高兴的时候写几句，不高兴的时候也写几句；空闲的时候写几句，忙碌的时候抽时间再写几句。只有在这

要么脱俗，要么无趣、孤独

些诗篇中，她才能彻底摆脱自己身体残疾的现实，以及让人窒息的封建和闭塞。

从出生到学会走路，从学会走路到上学，从上学到高中肄业，从高中肄业到结婚，从结婚到想要离婚，余秀华似乎更加清楚自己真正想要的生活到底是什么样子。在没有靠写诗成名之前，她的博客已经积累了很多自己平时写下的诗歌，虽然也有一些读者，但从没有让她对"用诗歌来改变生活"抱有一点希望。直到有一天，网络上疯狂转发她的诗《穿过大半个中国去睡你》，一夜之间，余秀华也随着她的诗成了一个名副其实的"网红"。为此，她颇感自豪，看来，用写诗来养活自己这件事情慢慢变得靠谱了。

网络上的走红让她的生活发生了很大的变化，很多人专程跑到村里去采访她。余秀华瞬间被包围在一片聚光灯之下，对每一位来访者重复地讲着自己的故事，一点都没有了往日的平静。一边觉得烦恼，一边又觉得享受，但她并没有迷失在这种金光闪闪的包围之中。当外来的潮水退却之后，她仍然自己一个人坐在院子里，面对着电脑，敲下几行来自生活的文字。除此之外，她还干着和从前一样的农活，做一些简单的家务，扫地做饭，最大限度地接近生活。

后来，她拿奖了，"农民文学"特别奖。颁奖典礼上的那段诗一样的颁奖词带给她的幸福感溢于言表。自此，余秀华写下的诗，已经有两千多首。当人们在同情她的遭遇、可怜她的身世的时候，她却说，正是这样的环境，给了她和常人不一样的心境。既然抱怨没有用，那何不尝试改变呢？农闲的时候，周围的邻居总爱聚在一起，除了打麻将还是打麻将。而余秀华则说，其实，我写诗和他们打麻将一样，也是会上瘾的，哪怕是一天不写，我心里都直痒痒。

看来，上帝还是公平的，在从你身边拿走一样东西时，总会再赐予你另一样东西。余秀华走起路来摇摇晃晃，上帝就给了她诗歌，让她以此为杖，从此站得直、走得稳。不沉湎于悲伤，不哀叹于失去，不执着于过往，这才能有所改变，有所得到，有所进步。

一个有趣味的灵魂，本身就自带发光发热的属性，它不仅能照亮自己，也能将余光传递给他人。在夜晚的茫茫大海上，她就是穿透黑暗的光，坚定有力，温暖安详。

诗集出版以后，余秀华拿到了一笔钱。她做了一件很久以前想做而没能做成的事情——离婚。虽然婚姻受挫，但她对爱情依然心怀期待。就像她在诗里写的："这人间情事，恍惚如突然飞过的麻雀儿，而光阴皎洁，我不适宜肝肠寸断。"这就是她的向往和期待，哪怕只是干巴巴地活着，在心里也要为自己设定一种最美的方式。

失去好奇心，就失去了一半的乐趣

如果我们留意生活，不难发现，好奇心最盛的就是初生的小孩子。他们对身边的一草一木、一砖一瓦都充满了十足的兴趣。对于他们来说，风吹一下、草动一下都有着无穷的趣味。随着年龄的增长，小孩逐渐变成了大人，也逐渐失去了对身边事物的兴趣。当人们变成阅尽千帆、历经沧桑的老人之后，生活就变成了每天太阳的东升西落，没有波澜和惊喜，只有老道的经验之谈和不变的自然规律。

人活一世，何以趣味随着年龄递减呢？是我们的心逐渐在丧失，不肯再去探索和发现，还是生活的乐趣原本就该一点点失去？

孙俪是广受大众喜欢和欣赏的一位影视明星，但她征服广大观众靠的不仅仅是精湛的演技，演员这个身份只是她工作的一部分。在生活中，她还有很多别的身份，似乎每一段生活都有不一样的主题，而连接这些主题的就是她停不下来的好奇心。

她是有名的爱狗人士，家里收养了好几只流浪狗，每一只她都精心照料，并为它们取了可爱的名字。有的是她在路边捡到的受了伤的小狗，有的是被人遗弃的脏兮兮的小狗，据说还有一只是邓超在拍戏途中捡到的。孙俪将它们带回家后，都会认真地给它们洗澡，褪去脏兮兮的外表，这些流浪狗在她看来都变成了可爱的小萌物。有时候，她会亲自给小狗喂食，训练它们该懂得的规矩。她从与这些小狗相处的过程中找到了成就感，所以愈发热心流浪狗的公益事业。

孙俪凝视流浪动物时候的眼神非常温柔，让人一看就知道她是真的爱那些小生命。为此，她还专门写过一本书叫《带我回家》。在书中，她讲述了很多自己与流浪狗之间的故事，她的爱心和热情也感染了身边更多的人。在这里，她不是身价不菲的影视明星，而是一个普普通通的热爱生活的女子。

一个人变得成熟的标志，就是逐渐失去了对身边事物的好奇心。他们并不关心周围的其他生命，只是沉浸在自己的一日三餐之中。有时候，我们需要关心一下柴米油盐之外的事情，比如解救一只困顿的流浪狗，给它安置一个温暖的家，然后在彼此的陪伴中找到生活的另一种乐趣；比如用文字和图片记录一段自己的故事，来日回首，也是另一种情趣；再比如在工作和生活之外，参加一个公益的社会活动，用自己的力量去改变和影响他人。

当你认真地去做这些事情的时候,你会从中找到无穷的乐趣。那时,你可能会发现,除了每日的上班下班,公交地铁,你还有很多余力去关心一些生活之外的事情。而正是这些事情,将你的生活变得丰富饱满,给了你别人不曾体会到的开心和趣味。这一切都是因为你比别人多了一点好奇心,它就是人生趣味的源头。

很多人一边抱怨着生活的无趣,一边默默忍受着这种无趣。虽然他们清楚自己目前的生活状态可以归属为无趣,但问起他们何为有趣的时候,他们也并不能说得清楚明白。甚至连在脑海里描绘一下有趣生活的能力都没有,只能从嘴里蹦出来几个干巴巴的字:有钱才有趣。就这样,很多人将生活的终极目标设置成了挣钱,他们认为阻碍他们生活趣味的决定性因素就是贫穷。于是日夜加班,绞尽脑汁去增加客户,扩大业务,提高销量。最后可能会挣点钱,但同时也发现自己越来越在乎的只剩下钱。

如果你将自己的好奇心都消耗在金钱上,那你注定只能为金钱所役。其实,生活的乐趣和钱多钱少关系不大,主要还是看我们有没有热爱生活的心,能不能保持对生活持续的好奇心。

就像孙俪,除了关注流浪狗,她还有一项比较热爱的事,那就是养生。在她的微博里,晒得最多的除了自己的孩子,剩下的就是关于泡脚的事情。每逢二十四节气,她都会发微博提醒大家用温水泡脚,似乎从来没有落下过。因此,网友特地给她起名为"泡脚皇后"。在采访中,她也曾透露,自己因为对中医比较感兴趣,所以买了一本《黄帝内经》在家研究。邓超还曾经向媒

**人生很短，
我决定活得有趣**

体大吐苦水，说孙俪在家拿他做实验，按照《黄帝内经》里面的养生方法做出来各种养生茶和汤剂，逼着他服下。其实，貌似在吐槽，实则也是在秀恩爱。看得出来，邓超很为孙俪感到自豪。他也曾经说过，孙俪一直都会给他新鲜感，让他对生活充满了期待。

她不仅自己热爱养生，还会将自己实践出来的成果和大家一起分享。对于演戏她是认真的，对于自己的爱好和兴趣她也是认真的。只要是自己想干的事情，她都会全情投入，认真对待。

有时候，我们需要一些新鲜感来打破生活的沉闷。创造新鲜感可能不难，难的是如何维护这种新鲜感。这就需要我们放宽眼界，保持像孩子一样的初心。

一个对生活保有好奇心的人，他的心是不会枯竭的，永远都有宝藏可供挖掘。这一点在孙俪身上表现得尤为明显，相信了解她的人都知道，她还有一个业余爱好——画画。她在微博上经常会晒一些自己的作品，有时候是家里的小狗，有时候是自己的孩子，有时候还有自画像，至于一些花花草草，就更多了。邓超偶尔还会在微博里调侃，说孙俪把家里的小猫小狗都画过一遍了，自己想求一幅画像却排了好几年的队都没排上。

每每孙俪晒出一幅自己的绘画作品，评论区就会出现一些酸溜溜的评论，认为孙俪的绘画技术不够专业，对一些地方的细节处理得不是很好。这种批评的声音丝毫也不影响她作画的心情，反而让她的作品变得越来越优秀。

First
要么脱俗,要么无趣、孤独

欣赏美是一种本能,而发现美则是一种本领。又或者说,产生好奇心是一种本能,而维持好奇心则是一种本领。即使忙得无暇分身,也能另辟一片净土,以供心灵栖息。美好的事物总是让人流连,只不过有的人选择跟在人身后追逐别人的美好,有的人则选择自己去创造美好。生活本来多趣味,全看你如何去选择和寻找。

现在很多年轻人都会吐槽自己,年纪轻轻就过上了老年人一样的生活。真实的情况似乎也确实如此,只要是闲下来得了空,大家都在手机里"刷世界"。冗杂的信息让人每天都像是日理万机一样,感觉有太多的新鲜事,怎么看也看不完。于是,躺在床上举着手机的姿势换来换去,一直到深夜,脑子里被一些新闻轰炸得昏昏沉沉,才觉得有了些许疲惫感。或者,早就已经把手机当成了自己的"极乐世界",恍惚之间忘了明天还要上班,突然回过神来,才匆匆关掉手机,恋恋不舍地将它交给了床头的充电线。躺下之后,脑子里又是一片空虚。最大的愿望就是手机电力满满,可以支撑自己明天在上下班的路上"博览天下"。

似乎除了吃饭睡觉,上班下班,我们剩下的时间已经完全被手机定义的娱乐消遣占满。世界缩小了,我们关心的东西也变少了。可能我们会知道某某国外明星在何时何地说了一句什么样的话,却听不出身边人需要帮助和关心的语气;可能我们会知道在世界的另一端,有某一种动物多长了一个趾头,却很难发现家里的小狗蹭着你求抱抱已经有很久;可能我们会观赏到一种奇花异草的图片，却经常忽视回家路上那股浓郁的桂花芳香。

对手机里的世界越来越专注，对身边的世界却越来越冷漠，这是时代的通病。所以，每到年底，当你回想起这一年的生活，似乎也只能用"索然无味"四个字来概括。你是否想过，为什么生活的趣味变得越来越淡，离你越来越远？

如果你不曾跋山涉水，你会以为屋后的池塘就是星辰大海；如果你不曾翻越高峰，你会以为门前的土丘就是崇山峻岭；如果你不曾独自远行，你会以为脚下的坦路就是漫漫长途；如果你不曾登高远望，你会以为眼底的世界就是银河宇宙。

生活是条不归路，你我都是赶路的人。有人匆匆而行，忽略了路上的清风和明月，也无视脚底的青草和鲜花，所以走到最后一无所获；而有人不急不缓，将一路的好风景细细品味，走到最后，满足而又惬意。因为这一路上，他们始终保持着像孩童一样的好奇心。

读书与不读书，就是赢与输

在某问答平台上，有人问过一个问题：作为一个女孩子，上那么久的学，读那么多的书，可是最后还是要在一个平凡的城市，做一份平凡的工作，然后嫁作人妇，洗衣做饭，相夫教子，又何苦折腾呢？在这个问题下面，有一个获赞最多的回答是这样说的："我想，我们的坚持是为了，就算最终跌入烦琐，洗尽铅华，同样的工作，却有不一样的心境，同样的家庭，却有不一样的情调，同样的后代，却有不一样的素养。"是的，或许就是这样，我们所追求的是通过读书，在千篇一律的人生中寻找出自己的与众不同，用那些不一样的平凡点滴，来打造自己平凡而不一样的人生。

用一句著名的电影台词概括就是：你现在的气质里，藏着你走过的路、读过的书和爱过的人。

人生很短，
我决定活得有趣

央视节目主持人董卿伴随了很多人的童年时光，小时候看她的节目，只觉得她的声音优美动听，台词说得很有感染力，偶尔也会觉得她的妆容很漂亮，看着很舒服。不知不觉，大家对她的这种认知似乎已经固化，只要一提起董卿，脑海里就会蹦出诸如落落大方、声音动听等词汇。在观众的印象里，她就是一位主持功底良好的专业主持人。但如果隐去主持人这个身份，她可能和大家一样，过着柴米油盐酱醋茶的平凡日子。

这几年电视节目更新换代很频繁，董卿也从春晚走了出来。她有了自己的新节目，比如《中国诗词大会》。很多人都是在这个节目里重新认识了董卿，人们忽然发现，那个平时台词背得很溜的董卿对古诗词也是信手拈来。在那个舞台上，董卿总是面带笑意，毫不经意地说出契合节目氛围、描述参赛者心情的诗词，给人一种优雅自在的感觉。似乎她的内心贮藏了很多珍宝，而她只是随意地挑了几件，就已经足够打动人心。她内心的珍宝正是琳琅满目的诗书。所谓腹有诗书气自华，所以在观众眼里，她才越来越优雅可爱，越来越美丽高贵。

在节目现场，有一位民警由于太过紧张，把送给岳母的一句诗忘了，他只说出了上半句：爱子心无尽，下半句却想不起来了。旁边的董卿马上帮他接出了下半句：归家喜及辰。这么冷门的诗词超出了很多人的记忆范畴，让观众佩服她的才思敏捷和临场反应。也正因为如此，看节目也变成了一件十分过瘾的事情。

网友们曾经特意搜集了董卿的金句，然后频频感叹，能说出

First
要么脱俗,要么无趣、孤独

这样漂亮的句子,一定是经过了长久的积累和十分用心的铭记。这种内在的修养并非一日之功,要将书融入生活,把看书当成习惯,就像平时的吃饭睡觉一样平常,才能信手拈来。

很多人对她钦佩不已,因为她知道很多别人很少听说过的诗词句。比如,在节目现场,董卿鼓励一位五年级的小朋友引用了一句:"雏凤清于老凤声。"这句诗出自李商隐的一首诗,与"青出于蓝而胜于蓝"意思相同。但大部分人会说的也就是一句"青出于蓝而胜于蓝",或者是一句"长江后浪推前浪,一代更比一代强"。这两句其实已经被用到烂大街了,当听到"雏凤清于老凤声"的时候,就觉得别具一格,韵味十足。

书是平淡生活里的一抹色彩,是黑暗世界里的一缕光亮,是百无聊赖中的一点趣味,也是千篇一律中的一份独特。

有人说,读书这件事情其实就和我们平时锻炼身体差不多,这其中蕴含的道理是一样的。在我们看来,锻炼身体和不锻炼身体的人没法在一天两天的短暂时间内看出差别。即便你隔一年两年去看,二者的差异似乎也是微乎其微,不足为道。但是如果是五年后、十年后,或者二十年后,他们的差距就十分明显了,这种差距不仅体现在身体上,还体现在精神上。读书也是如此,读一天两天的人和读一年两年的人相比,再和读十年二十年的人相比,他们的气质和修养会截然不同。

这时,我们会突然明白,为什么小时候看董卿,只是觉得她声音好听,吐字清晰。而现在时隔十几年再看,又发现了她拥有源源不断的才华，这就是时间积累的作用。爱读书的女人，经过一番岁月的沉淀，出落得愈发优雅动人，一点都觉不出时光残酷，只会认为它所留下来的痕迹也是美丽而值得回味的。或许这就是"若有诗书藏在心，岁月从不败美人"吧。

《朗读者》一经播出就火遍全国，而这档节目的策划人正是同时担任主持人的董卿。在一次媒体访问中，她分享了故宫博物院院长单霁翔说过的一句话："故宫是世界五大博物馆之一，其余分别是法国的卢浮宫、英国的大不列颠博物馆、美国的大都会博物馆和俄罗斯的埃米塔什博物馆，正好对应联合国五大常任理事国，这说明没有一个强大的博物馆你就当不了联合国常任理事国。"虽然这句话最后的落脚点有点幽默，但其实道出的是文化的力量。对于一个国家如此，对于一个人也是如此。

很多人都羡慕董卿才华横溢，却并没有多少人能像她一样在读书上下足功夫。通常，我们的轨迹是——下班，吃饭，闲逛，然后睡觉。在睡觉之前也要将手机放在身旁充电，这样才会睡得安心。但在董卿的卧室里，没有手机，也没有电视和电脑，只有书。平时工作再忙，她也要抽出一个小时的时间专门用来读书。或许她和我们的距离就是这每天一个小时的距离。如果一个小时能砌半堵墙，那这些年她早已建起了一座高楼大厦。而我们还在地上和稀泥，偶尔抛出来一块砖。所以，只能仰望着楼里的人越来越高，自己却越来越渺小。

First
要么脱俗，要么无趣、孤独

鲜有人知道，其实董卿和周迅是同学。很早的时候，周迅就已经红遍了大江南北。在这批同学中，她算是出镜率比较高的明星。而其他同学也是相当漂亮，这一度让董卿心生自卑。在这么多漂亮同学面前，她对自己的容貌产生了不自信的心理。自卑之余，她便埋头读书，名著、经史、文学、小说、古诗词都在她的书单之中。读着读着，她忘了有关容貌的一切，读着读着，她也变得越来越自信，读着读着，她的容貌和气质开始改变。所以我们看到的董卿，在落落大方和声音动听之余，又增添了知性、优雅等很多新的气质。

三毛曾经写过这样一句话：读书多了，容颜自然改变，许多时候，自己可能以为许多看过的书籍都成了过眼云烟，不复记忆，其实它们仍是潜在的，在气质里，在谈吐上，在胸襟的无涯，当然也可能显露在生活和文字中。也许，这也是为什么时间的流逝只带走了董卿脸上的稚气，留下的却是一张充满智慧的脸庞的原因吧。如此刻苦读书，谦卑做人，养得深根，才得日后的枝叶茂盛。

现在很多人自己不读书，却逼着孩子多读书。在他们看来，书读得好才能考上一所好大学，而考上一所好大学才能有一份好工作，或者一个好仕途。他们的目的很明确，读书就是为了获取功名利禄。其实，真正的读书是不带任何功利性的，只是为了找到一个更加真实的自我，遇到一种不一样的生活。

"在我看来，人就像一朵没有开放的花蕾，一个人读到的大部分书对他所做的大部分事情一点影响也没有。但是书中却有某些东西对一个人有着特殊的意义,这些东西催发出一个花瓣,花瓣一个接一个张开,最后就会开出花朵来。"这是《人性的枷锁》里的一句话,深入浅出地讲明白了读书这件事的真谛。

当有一天,我们把读书看作同吃饭一样重要,那我们读过的书就会像我们吃过的饭一样,化作各种营养来滋养我们的身体,让我们一天一天长大、强壮。早一天读书,你就多一份人生的精彩、少一份平庸的困扰。

有人周游世界，有人坐井观天

周颖是一名美食爱好者，平时闲下来，总会走遍大街小巷去寻找心仪的美食。而碰到美食的她做的第一件事情并不是吃，而是拍照，直到挑选出一张满意的照片，才开始慢慢地吃。眼前的食物就算再好吃，她也是细细品尝，从不狼吞虎咽。因为，吃完这些美食，她还有一个更加重要的任务：写美食评论。所以，她必须慢慢品尝食物的滋味，以便于写出客观贴切的评论。

她有一个经营了很久的美食自媒体平台，上面汇聚着她这些年来的所有心血。精美诱人的照片、细腻动人的文字，让人看得津津有味。原本只是自己的兴趣爱好，几年坚持更新下来，却意外地积攒了不少粉丝，这更让她动力十足，对自己的作品也更加精益求精。

周颖有一个闺蜜叫岚岚，她平时和周颖一样，每天上班下班。只是业余时间很喜欢宅在家里，追剧或者玩游戏。用她的话说,长大以后的自己,再不愿与人谈起周游世界的梦想,那只是一个遥不可及又稚嫩可笑的梦罢了。相比之下,她宁愿待在家里看无聊透顶的肥皂剧,也不愿意出去看看外面精彩的世界。

周颖翻着自己这些年留下来的美食评论,那里面的每一张图片和每一段文字,都是自己亲历所得。她从最新的一篇文章,翻到了自己在这个平台上发布的第一篇文章,看着以前颇显稚嫩的文笔和有点拙劣的摄影,她笑了。一路走来,自己坚持的东西到底给自己带来了什么呢?

其实,刚开始的时候,她只是喜欢吃,并没有想要将此用文字和图片记录下来,后来她想要给自己留下一点痕迹,不想每次吃完就拍屁股走人,一点值得回味的东西都没有。就这样,她开始注册自己的自媒体,把自己吃东西时候的心情和品尝到的食物的味道整理成文字发表出来。她永远都记得,发表第一篇文章的时候,由于还不熟悉系统操作,从下午一直弄到了凌晨,里面还不包含图片。她是经别人提醒才想到要拍图片的,有了这个想法以后,她马上开始行动,终于有了自己第一篇图文并茂的美食评论文章。为此,她感到十分兴奋。

现在回想起来,她坚持这项爱好已经有五年时间,基本上走遍了中国大大小小的美食基地。这些年,她的行文速度越来越快,文字水平也越来越高,而拍照技术也堪比专业。这些都是她的收获,她还想收获更多。

如果把周游世界的梦看作是一种生活状态,那周颖正在尽

First
要么脱俗，要么无趣、孤独

力维持，让这种状态越变越好。而她的闺蜜岚岚，早已经不在状态。她习惯在下班以后跟周颖抱怨水果又涨价了，化妆品代购有假货了，周末没有新剧了，房租又要上涨了，下水道堵了修不好之类的琐事。看着整日忙忙碌碌，到处奔波的周颖，岚岚也会劝她休息一下，像自己一样没事待在家里多舒服，为了一篇美食评论，把自己搞得那么累，真的值得吗？周颖听完只是笑笑，依然坚持自己的美食之旅。

当我们习惯了待在自己的舒适区，不再给自己创造一点小的奔波和劳累的时候，你的舒适区就会变成一座地牢，将你死死地圈住，让你再无法踏出。这座地牢的面积也会随着时间的推移而变小，因为在这种舒适区里待久了之后，你只会变得越来越懒，越来越无所谓。最后，舒适区变成了一座井，你也成了井底之蛙。你以为的天空就是头顶的云彩，你以为的暴风雨就是几滴雨点和几缕轻风。

有人在往外走，越走越远，越登越高；而你将自己困顿于此，在角落里越缩越小，越陷越深。

因为见识了繁华，所以眼里的世界越来越大；因为身陷琐碎，所以看到的世界越来越小。

周颖筹划着自己第一次出国之行的时候，岚岚对此嗤之以鼻，她不停地在旁边絮叨着："国外并没有你想象的那么好，而且我敢保证他们的东西你根本吃不习惯，你说都难以下咽了，还怎么写你的美食评论？现在网络这么发达，你还不如在网上看看

人生很短，
我决定活得有趣

他们的美食节目，然后凭想象写一点文章挂在网上，我想别人也不会看出破绽，何苦自己这么大老远地跑一趟，费时又费钱。"

周颖一边做着周密的计划，一边回应道："我不希望自己的感受和印象来自道听途说，世界这么大，每个人都能有不一样的视角和感受，我只想真实地记录自己看到的和感受到的所有。如果总是靠别人来告诉自己世界是怎样的，那永远也活不出自我。为了这次计划，我准备了很久，我相信自己会找到想要的答案。"

很多事情，当你踏出第一步之后，就会觉得做起来并没有想象中的那么艰难。可如果总是犹犹豫豫，被别人的想法左右，那永远也不会出发，离自己的目标也越来越远。

周颖选择出行的第一个国家是浪漫之都法国巴黎，她早就见识过这个城市精致的美食，在国内虽然也品尝过，但这一次给了她一种全新的体验。因为置身其中，让她真实地感受到了异国之旅的不同。从点菜到用餐完毕，每一个细节她都有用心记录。推送完自己的第一次异国之行后，粉丝突然变得活跃起来，问了她很多问题，其中很多粉丝还表示自己也很向往这样的生活，不知道什么时候能像她一样亲自去体验一下。

从大家的点赞留言中，周颖感受到了一个事实：大多数人还是很想走出去的，只是缺乏计划和勇气。很多时候还没开始就将自己的梦想完全否定，认为自己可能做不到或者不可能做到。于是，只能看着别人发布的图片和文字聊以自慰，而内心升起那个短暂的关于出去走走的梦,燃了又熄了。那个梦重新缩回到角落,等待再次被别人激起火花。

周颖回国以后,和闺蜜岚岚分享着自己的见闻。她讲了很多有趣的事情,但这些事情在岚岚看来都不足为奇,她甚至觉得周颖是不是编造了一些故事讲给自己听。因为她无法想象真实的场景,所以无法将自己代入故事中。她觉得有这些时间还不如多看几集电视剧,既轻松又自在。

因为从来没有见识过世界之大,所以只能对那些感叹世界之大的人保持怀疑和困惑。

有了第一次出国之行的体验,周颖又开始计划自己的第二次旅行。在这个过程中,岚岚也换了一份工作。她抱怨之前的工作太累,每天需要做的工作对她来说有点难度,而她又不愿意花时间去学习提升自己,所以找到一份简单清闲的工作,就马上从公司辞了职。她很高兴以后自己空闲的时间更多了。当周颖问她,这么多空闲时间用来干什么的时候,她回答说:"手机里有追都追不完的剧,玩也玩不够的游戏,这些事情只会让人觉得时间不够用,从不会觉得时间宽裕。"

就这样,一个屋檐下的两个人过着各自不一样的生活。周颖将自己的美食评论和旅行日记发表到了更多的平台,有时候还会收到一笔不菲的稿酬。这一切都在激励着她。她也做了越来越多的出游计划,去往更多自己以前想也不敢想的国家。这些经历让她觉得自己没有白活一场,只要走出去,只要在路上,她就是高兴的，人生就是丰富的，心情就是多彩的。

岚岚呢？工作换了一份又一份，她始终找不到自己喜欢的点在哪儿。不是嫌弃薪水低，就是抱怨工作太辛苦。上班的公司离自己住的地方越来越近，到后来都不用坐公交，走着就可以上班。但即使是这样，她依然会偶尔迟到，对待工作也是情绪消极，永远都打不起精神。

多年的游历和见识，让周颖学会了很多菜式，不管是中餐还是西餐，她都能做得精美可口。她知道什么心情应该吃一道什么样的菜，也知道什么样的酒搭配什么样的菜才会呈现出最佳口味，更知道成百上千种食材的选择方法。就连食物的营养和色彩搭配她都能讲得头头是道。

而岚岚多年来唯一会做的就是番茄炒鸡蛋。在她的认知里，肚子饿了，最快捷的方式就是泡上一桶面再加一根火腿肠。她想象不到，除了这些，还有什么能够让她在独自一人时将肚子填饱。

其实，生活的趣味并不在于你是否周游过世界，而在于你是否为周游世界付出过一点实际行动。哪怕你只是从踏出家门开始，从远离自己生活的城市开始，只要你还有心开始，就代表你正走在周游世界的路上。否则，你永远只是一只坐井观天的青蛙。

有趣的人,都有一身的幽默细胞

身边有一位三十来岁的单身女同事,她和大多数适婚女性一样,面临着家里长辈狂轰滥炸般的催婚。普通人不想恋爱,或者不想结婚而被再三催促的时候总会感受到压力和烦恼,甚至由于观念差异,可能还会跟家里长辈闹别扭或是争吵。但同样是面临催婚,这个同事每次都能巧妙地平息一场观念对峙的风波。

当家里长辈一再给她压力,让她早点找个人结婚的时候,她会说:"其实啊,婚礼的日期我早就已经定好了,现在就差定下新郎了。"此话一出,引得身边众人哈哈大笑。本来有点着急上火的家里人,也被她的话逗乐,暂时不提结婚的事情了。

其实,另一个场景我们也不难想象:家里人三番四次地打电话催着相亲,极其不情愿的你在电话的那端费尽口舌地讲着自己为什么还不想相亲、不想结婚之类的话。但这些话根本进不到家里人的耳中,他们只管传达着自己的意愿和想法。最终,闹得

人生很短，
我决定活得有趣

大家都不愉快，而后各自生几天闷气，再接着这样周而复始的循环。

有一次，女同事出席同学聚会，曾经同班的女同学大部分都已经嫁为人妻，还生下了孩子。逮着一个单身的，当然不会放过八卦的机会。大家纷纷围上来问她，为什么这么大年纪了还不结婚，是不是打算自己一个人过一辈子？面对这些哭笑不得的问题，她没有烦躁，也没有生气，而是淡淡地回应了一句："告诉你们吧，其实我也很想结婚的，对于我来说，家里人同不同意还没那么重要，关键是现在我想结婚的对象他不太同意。"同学们顿时笑成了一锅粥，也不再那么热烈地讨论她结婚不结婚的问题了。

每每谈及这位女同事，身边的人用得最多的一个词就是"魅力"。可能每个人对魅力的理解会有所不同，但却很难抗拒魅力的吸引。而一个人最具魅力的一种表现或许就是有趣，这种有趣很大程度上便体现在说话方式上。他们有一种温和的幽默，既能让自己摆脱困境，又能让别人会心一笑，幽默虽然只是一种说话的方式，但更深层次上体现的则是一种生活态度。

在平淡的生活里描画色彩，于无趣的世界中活得有趣，才是一个人最高的本事。

这不禁让人想到了王小波，这个气质与灵魂都很独特的男人。

First
要么脱俗，要么无趣、孤独

当年他去云南下乡插队的时候，干过很多种又苦又累的农活，在他留下的文学作品《一只特立独行的猪》里，我们很容易感受到他的幽默与乐观。在他喂的那些猪里，有一只非常不安分，总是做出一些"异于常猪"的举动，所以一般人都对它恨得牙痒痒。但无奈的是，虽然讨厌它，却怎么也抓不住它，因为它的身手十分敏捷，另外它还有一些比较加分的"才艺"，比如偶尔模仿一下汽笛的声音等等。就是这样一只猪，惹恼了很多人。

但王小波的态度却不一样，他将这些异样的举动称为"特立独行"，而且在文章中还亲切地称这只猪为"猪兄"。或许这个称谓在现在看来根本算不上事儿，但在当时那个观念守旧的年代，却让人大跌眼镜。不仅如此，王小波还特意赋予了它拟人化的生活，妙趣横生，让人看后忍俊不禁。

一个人真正的乐观并不是看他顺境时的精神状态和行为表现，而是他在逆境之中的言行举止和所作所为。同样，一个真正有趣的人，并不是看他在聚会之时能讲出多少幽默搞笑段子，而是看他在困顿之中能挖掘出多少生命的甘甜。

幽默的人不一定有趣，但有趣的人一定幽默。因为有趣是一种更高层次的状态和境界。

一个普通人每天在平常的生活中所遇到的大大小小的烦恼，自然数不胜数。比如，单单是恋爱这一件事情，就能衍生出成千上万种烦恼。有的人才开口表白就被拒绝了；有的人谈着谈着就遭劈腿了；还有的人面对心上人，始终没有勇气将心意表达出来，所以只能看着对方和别人甜甜蜜蜜，结婚生子。

这许多的问题，王小波也遇到过，只不过这些问题都在王小波的趣味中迎刃而解。即便是段子手频出的现在，王小波的爱情语录也仍然占据着一个不可撼动的地位，成为青年们传情达意的范本。

王小波的妻子李银河，曾经在文章中描述过王小波的长相，她用的是"障碍"一词。可见其长相之丑，不是心理强大的人还真有点承受不来。后来，他的长相差点成了他与李银河感情的障碍，因为这个，李银河几乎要和王小波分手。但这张"骇人"的外表之下，隐藏的是一个趣味无穷的灵魂，让李银河为之心动。

他给李银河写过很多情书，他对李银河说："一想到你，我这张丑脸就泛起微笑。"似乎他对于自己丑陋的外表一点都不介怀，反而能将其变成一笔可观的财富。而我们熟知的句子"一辈子很长，要和有趣的人在一起"也是出自王小波之手，至于什么是有趣，他自己就是最好的阐释。

我们对王小波的了解多半来自他的作品，而我们若把眼光投向他的生活，可能会发现更多有意思的事情。他从小便爱读书，不管什么书，抓起来以后只要自己能看得下去，就会完全将自己投入其中，丝毫不理会旁人的打搅和时间的流逝。文学上的造诣已经够深，鲜为人知的是，他还是一名计算机高手，曾经自己编写过一些程序软件。当时，知名计算机网络公司曾经向他发出过邀请，希望他能担任公司的程序员，但王小波拒绝了，他觉得比

要么脱俗，要么无趣、孤独

起写程序，写文章能让他感受到更多的快乐和价值。

这就是有趣之人的幽默与豁达。

如果生活是苦的，那就苦中作乐；如果生活是甜的，那就细细品味。有主张，有态度，能抉择，能行动，才是将无趣生活渲染得有趣的良方。

现在很多人选择朋友的一个重要衡量标准就是看这个人是否有趣，而判断的依据就是看他说话是否幽默。哪怕你平时沉默寡言，但关键时刻语出惊人，也能立刻俘获人心。除了朋友，恋人之间的有趣和幽默也似乎慢慢变得越来越重要。很多人回忆自己选择爱人的那一刻，往往都会讲一个发生在对方身上很有趣的故事，或者一句充满智慧的话语，或者是平时幽默的行事作风，最终成功吸引到自己而不可自拔。

有人说，之所以越来越多的人都在追求一种有趣而又幽默的生活方式，是因为这个世界正在变得越来越无趣。真心喜欢的东西越来越少，需要敷衍应付的场面越来越多；单纯的人际关系越来越少，复杂的宫斗式情节越来越多；留给自己的时间越来越少，不知所踪的时间越来越多。为了给自己营造一个有趣味的假象，不得不跋涉去更远的地方，而趣味性的终极体现，就是公开在朋友圈修了又修的几张照片。似乎不走得远一点，不拍得多一点，就不足以谈有趣。

我们总以为有趣是一件很大的事情，而忽略了身边的很多小事，甚至总是习惯追求一些比较遥远和虚无的东西。其实我们完全可以从自己的一句话开始,向着有趣这个目标靠近。一旦你学会了幽默的说话方式,就会发现生活中原来有这么多以前没有发现的乐趣。比如在夫妻双方沟通出现障碍的时候,没必要剑拔弩张,气势汹汹,不妨试着用幽默的话语把道理讲得更通透,更容易让人接受。

　　下班回家的妻子正在厨房忙着做菜,丈夫站在她旁边不停地唠叨:火小一点,这锅都快要糊了,现在赶紧把鱼翻过来,要不然那半边就没了。加水,火再大一点,大一点,再多加点盐。妻子很不耐烦地白了他一眼,说:"我自己知道,不用你说!"丈夫非常平静地说:"我知道,只不过是想让你明白每次我开车的时候,你在旁边唠唠叨叨,我是什么感觉。"妻子不再说话,大概也意识到了自己平常的错误。本来这是一个比较难沟通的问题,但丈夫"以其人之道还治其人之身",不伤和气还十分幽默地将问题解决了。

　　你看,有时候活得有趣也没那么难。如果你注定平凡,那么请你努力幽默起来。

没有放不下的手机，只有填不满的内心

近年来，关于走路看手机而惹出事端的新闻屡见报端。有的是因为走路看手机过于投入而掉入坑里，或者撞上障碍物；有的是因为走路看着手机而无暇顾及身边的孩子，导致孩子出了车祸或者被人抱走；还有的是因为坐车专注手机而坐过了站与司机发生冲突。这种事情在现实生活中似乎越来越寻常，每次看到这种新闻，大家都是一边专心致志地刷着手机，一边大义凛然地给予谴责。难道，放不下手机真的成了一种时代病，而中招的人就再没办法逃脱了吗？

你有统计过自己每天玩手机的时间吗？是不是每隔几分钟，甚至每一分钟都要掏出手机划开看一眼？哪怕是刷过的朋友圈、看过的老新闻，哪怕并没有收到新的消息，或只是通信公司的一则小小的广告，都非点开不可呢？现代人已经形成了一种严重的手机依赖症，只要出门，手机电池必须满格，这样才会有安全感,否则一整天都会慌乱。如果出门走得远一点,充电宝就成了必带物品,可以不带现金,但没有充电宝却是万万不可的。

另一则调查也显示,现代人使用手机的主要功能已经由接听电话变成了社交软件朋友圈。如果我们关注过各大品牌的手机广告,会发现商家会将拍照这个功能作为某款手机的主要卖点,而拍照需求也从刚开始的清晰变成逆光也要清晰、夜晚也要清晰等等。正是因为有一大批消费者对拍照功能的苛刻要求,手机厂家才费尽心思地研发,所以手机成了可以发朋友圈的完美相机。

而我们放不下手机的另一大原因,就是社交关系正在从线下转为线上。评判你和一个人关系好坏的标准,便是朋友圈互动多不多,历史聊天记录长不长,能不能随时发个语音、视频等。如果手机突然被剥夺,整个人都会陷入一种好似被全世界抛弃的孤独当中。一个人一旦失去了手机,他就成了一座孤岛,叫天天不应,叫地地不灵,看着别人的热闹,自己清冷地死去。

当真要继续这样吗?

众所周知,苹果公司的创始人乔布斯,作为计算机界的标志性人物,带领团队研发的一系列苹果产品风靡全球。甚至从某种程度上讲,他改变了一代人的生活方式,让世界变得越来越小。

也许大家觉得,这样一位科技达人,在平时的生活当中肯定也是一个沉迷手机与电子产品而不可自拔的人。然而,真相是,在电子产品方面,不管是对孩子还是对自己,乔布斯都有着非常严格的限制。当别的父母把孩子撂在一边,自己沉浸在新闻资讯或者游戏当中时，乔布斯却用这些时间来陪伴孩子，比如，每天晚上，他都会和孩子们围坐餐桌一起吃饭。他会寻找新鲜的话题，有时候会讨论孩子们喜欢的一些课外书籍，有时候会为孩子们讲述一些历史故事和人文知识。而在这个过程中，没人会拿出手机或者平板电脑。这种相处模式是很多孩子可望而不可及的，他们每天面对的父母，似乎是被手机吸走了灵魂的父母，只是待在一起而已，并没有什么实质性的互动。

也许很多人会认为，既然乔布斯是苹果系列产品的缔造者，那家里一定会有数不清的智能电子产品，他的孩子肯定每天玩都玩不过来吧？针对这个问题，当时也有报社记者专门对乔布斯进行了采访，然而他给出的回答却出乎人们的意料，他说："情况并非如此，我们对孩子在家里使用智能产品这件事情是有严格限制的，所以他们并没有用过。"他们的限制措施一度让孩子们觉得苦恼，认为爸爸妈妈这样做实在太不近情理了，身边的同学和朋友的父母并没有这样做，而是给他们充分的自由，玩游戏也好，上网也好，看上去那么让人振奋。于是，孩子们曾经称呼乔布斯和妻子为"法西斯"，在智能电子产品这件事情上，他们很希望爸爸妈妈能给自己多一点时间和自由。

乔布斯却一直坚持自己的这个原则，正因为自己创造了这么多的智能电子设备，所以对这些前沿科技的弊端也感受最深刻。而这个过程必然是一个摧毁的过程，他不希望孩子们陷入这种僵局。

人生很短，
我决定活得有趣

不管有多便利、多智能、多好玩、多吸引人，不管你沉浸其中的时候有多快乐、多放松，玩手机这件事必须有节制。所谓物极必反，当我们过分地追求手机带来的快感，就会轻易忽略身边的一些小的美好：我们会完全听不见孩子内心的声音，也就无法了解他们的想法和行为。亲子关系因此也会变得越来越恶劣，越来越疏淡。

智能手机普及以后，很多人不知不觉地陷入了一个怪圈：只要拿起手机，就会停不下来，即使内心有个声音很清醒地在提醒自己放下手机，但手却不听使唤。这个话题在微博上发出后，很多人纷纷表示赞同，甚至有人开玩笑说：关于玩手机这件事情，说出来可能没有人相信，其实是手机先动的手。这些调侃声音的背后，反映的其实是一种很严峻的社会现象：我们放下手机的能力正在一点点丧失。

为什么放下手机会如此艰难？

表面看起来，手机里什么东西都有，可以用来在各种场合打发时间。不少人一开始都是本着学点东西、开阔眼界的初心来刷手机的，可是这种初心到了最后基本上都会瓦解。看手机的时候觉得很充实，一旦放下手机，心里便会空空落落，迷迷茫茫。如果哪天突然没有了网络或者手机，就会辗转反侧，焦虑失眠。

我们真的没办法放下手机吗？关于这个问题，每个人的心中早已有了答案。

我们可以反思一下，到目前为止，自己坚持时间最长的一

First
要么脱俗，要么无趣、孤独

件事情除了刷手机以外，还有哪些呢？在提高自己的综合素质方面，我们又做出了什么样的努力呢？每年新年制定的计划和目标，我们又实现了多少呢？出门旅游，我们除了得到一些好看的照片，还收获了什么呢？独处难挨的时候，我们能寻求安慰的除了手机还有什么呢？甚至，我们是否能给自己留出一点时间来想一想这些问题呢？

当我们陷入迷惘的时候，不妨看看扎克伯格是怎么做的。作为世界上最年轻的亿万富翁，他对自己又是如何要求的呢？

扎克伯格的一举一动都被大家所关注，有媒体报道过他的新年计划。从2009年开始，扎克伯格每年都会给自己设定一个新年计划。而他每一年的新年计划并不多，但他肯定会实现自己的计划。比如，2010年，他给自己制定的计划是学习中文，所以每天上班的时候，他都会找机会跟那些会中文的同事对话，这样的行为从来没有中断过。而我们同样有这些机会和时间，只不过都奉献给了手机，一天下来，我们可以将某个八卦新闻从头到尾梳理得清清楚楚，一年下来，我们积攒的只不过是狗血的故事情节，下一年、再下一年都是如此，反反复复，无穷无尽。

2015年，扎克伯格给自己制定的新年计划是每周读一本书。一年过去以后，有人统计过他在Facebook上推荐的书单数量，这个数量刚好在他的计划之内。

反观我们自己，真的忙碌到一年都难得看完一本书的程度吗？忙到抽不出一点时间去完成自己的新年计划吗？很多人说，这其实并不是时间问题，而是意志力问题。等哪天对待手机能拿得起放得下了，真我战胜了本我的时候，就是意志力最强的时候。

手机，拿起来很容易，放下却很难。

我们不妨做出一些改变，从一点一滴入手，来完成自己放下手机的宏伟大业。比如，吃饭的时候，可以多去享受美食的味道，或是和坐在你对面陪你吃饭的人聊聊天。尤其是家人围坐在一起的时候，不要让原本温馨美好的画面变得冷冰冰。走路的时候，多看看脚下的路，多留意身边的孩子，不要因为一时疏忽而酿成不可挽回的悲剧。和爷爷奶奶待在一起的时候，不要从头到尾埋头刷手机，他们需要的是我们带有话语的陪伴。

或者，你也给自己制定一个新年目标，它不需要多宏伟壮丽，也不需要多么复杂烦琐，简简单单的一件事，坚持着做，你就能成为一个不简单的人。

Second

和所有的有趣相遇

你为什么慌慌张张，匆匆忙忙

　　《活着》这首歌里有一句这样的歌词："慌慌张张，匆匆忙忙，为何生活总是这样，难道说我的理想，就是这样度过一生的时光？"很多人听到这首歌都很有感触，因为它不仅唱出了自己的心声，还反映了自己真实的生活现状。在这首歌的评论里，有一条获赞最多的评论是这样说的："很多人25岁就死了，直到75岁才埋进土里。"难道，我们真的要像歌词里所说的那样，60岁以后再去寻找自己想要的自由吗？以前在网络上很流行这样一句话："搬起砖我就抱不了你，而放下砖我就养不起你。"试想，有多少人正处在这样的无奈之中呢？

　　生活虽然给我们太多不尽如人意和无奈，但我们却可以有自己的办法活得有趣。如果我们每天的慌慌张张、匆匆忙忙是为了生存，那么我们在慌张和匆忙之外还要给自己一点不慌张和不匆忙的生活。

人生很短，
我决定活得有趣

在这个生活到处充斥着智能电子产品的时代，如果谈及谁谁谁至今还没有微信，人们肯定大跌眼镜，觉得这个人与时代脱轨了，是一个彻头彻尾的老土之人。但我们熟知的歌手李健就是这样一个老土之人。他至今没用微信，在参加《我是歌手》节目录制的时候，沈梦辰问他要微信，李健直接说自己没有。沈梦辰很奇怪，问他原因，他只是淡淡地说了句："因为人比较有威信，所以就不需要微信了。"

其实，他一直用的手机还是那种老式的按键手机，接个电话，发条信息，就是它全部的功能。在我们大多数人无法忍受这种手机与时代脱节的时候，李健却乐在其中。可能这与他一直以来的生活主张有关吧，他很推崇一种慢生活，不太喜欢把自己的工作安排得太满，而他寻找的是一种工作和生活的平衡。

大学毕业后，李健曾经工作过三年，一直到以前的校友卢庚戌来找他，重谈音乐梦想的时候，他们一拍即合。随即，李健便向上司递了辞职报告，不久之后，他和卢庚戌的组合——水木年华进入了大众的视野。

2001年，他们的组合推出了第一张专辑，专辑名字就是我们所熟知的《一生有你》。这张专辑在当时的销量相当惊人，大街小巷的商店里都会播放他们的歌。特别是在校园里，学生们将这首歌的歌词工工整整地抄写在作业本上，然后跟着卡带一句一句地学唱。每每毕业或分班的时刻，这首歌就成了必备曲目。甚至

Second
和所有的有趣相遇

一直到现在，很多朋友去KTV，还会一起深情地合唱这首歌。

歌曲的火爆意味着名利双收。这时很多人会选择趁热打铁，借此机会多出几张专辑，既可以炒作自己的人气，又可以收获更大的名利，相信没有人能拒绝这种诱惑。这个火爆的组合在发出自己的第二张专辑后，反响同样热烈，组合本身却发生了一些变化。由于种种原因，特别是为了顺应市场，李健觉得离心中曾经的音乐梦想越来越远。于是，在又一次商业演出结束后，李健向搭档坦白了自己的心声，他说："再这样做下去的话，我感觉我就要失去自我了。我明白这样做会有意想不到的名和利，但是我却把自己的心丢了，丢了心，那些热爱也随之丢了。"如此，他离开了组合。

虽然水木年华红透了半边天，但离开后的李健并没有借势炒作自己，他不再唱以前的歌，而是选择沉淀自己。所以，很多人都是在他再度翻红的时候才知道他曾经是水木年华的主唱。

每个人都像一个陀螺，只是转起来的速度不一样。当你转得太快的时候，就没办法看清周围的风景，甚至没办法看清自己。 当你选择慢一点，不时接受鞭笞和摔打的时候，就能更好地享受四周的一切，也能将自己看得更清楚。

如果你处于当时李健的位置，你又会做出什么样的选择呢？

因为乐队正红，因为市场正需要我们，所以迎合大众，做出一些违背自己心愿的音乐，唱给全世界所有的人听，却唯独自己听不进去。这些歌曲会传遍城市的每个角落，乐队也会收获丰

人生很短，
我决定活得有趣

厚的名和利，转而会更加投入地去迎合大众，做出更多这样的音乐，商业演出也会一波接着一波，让人根本停不下来。这个时候，你就像那个越转越快的陀螺，渐渐地迷失在了一片繁华的混沌之中。

可市场是千变万化的，谁也捉摸不透。有一天人们可能会突然追捧起另外一个歌手，曾经对你有多热爱，就能在对方身上付出同样多的热爱。很多人会因此从神坛跌落谷底，从此一蹶不振。当人们不再传唱你的歌，当广播里没有了你的声音，电视上没有了你的身影，在别人的世界里，你可能宛若昙花一现，永远地凋谢了。而你自己，想要找回当初的灵魂，似乎也要走上十万八千里。都说不忘初心，方得始终，但我们在匆忙之中总是会轻易改变初心，不再坚持原来的自己。

当我们脚步放慢一点的时候，就会离真实的自己更近。

隐退几年的李健，成了一位创作人。现在大家都称他为"音乐诗人"，就是因为他的歌不仅旋律优美，歌词也写得像诗一样。每个喜爱他的人都是被他的才情所吸引，被他对生活的热情所吸引，被他有趣的灵魂所吸引。但是，在他翻红后的这些年里，却很少有人知道他单飞后的生活和故事。

那段时间对他而言是最艰苦的，为了维持生活，他也接了一些商业活动的演出，但每次表演完毕，基本上没有掌声，致谢的时候也没有观众跟他互动。在这种情境之下，他还是完成了自己的第一张专辑，还开了一次演唱会，不过反响平平，甚至鲜为人

Second
和所有的有趣相遇

知。身边的朋友都劝他早点放弃这条路，多写一点符合当下胃口的流行歌曲，李健却坚持写自己的歌。期间，有一家公司想和他签约，条件是让他搭伙炒作，说白了就是借别人的声势来提高自己的声誉，李健直接回绝了，他说："作为一个歌手，唱好歌才是最重要的。人生什么是罪过？为了混口饭吃，委屈自己的志趣就是最大的罪过。"那几年，他基本上淡出了人们的记忆。

说起他的翻红，还是要提到那首《传奇》，因为王菲在春晚上的演绎，让更多人记住了这首歌的优美旋律和动人歌词。当人们最终发现这首歌的创作者是李健的时候，一些关于他的记忆慢慢开始苏醒。以前他卖不出去的歌，一下子变得热销甚至脱销，这种转变好像就在一瞬间。大家开始挖掘他的故事，搜集他的歌词。而令人啼笑皆非的是，和他同时期的那些流行歌手，他们唱的歌人们很少翻出来听，歌手的名字也很少再被提起。斗转星移，大浪淘沙，最终留在大家视线里的是这位宠辱不惊的音乐诗人。

都说时间是治愈一切的良药，但我们都不愿意花费太多的时间在一件事情上，总是匆匆忙忙地应付，然后滋生出更多需要我们去应付的事情，所以我们不得不变得更加匆匆忙忙，成了一个真正停不下来的陀螺。等你真正停下来的那一刻，也许早已有心无力了。

而今，很多人将李健的作品视为高雅有格调、有内涵的音乐，听起来是一种享受，更会给人一种不一样的心境。但很少有人会想起这位音乐诗人在成功之前所经历的种种磨难。

  现在再回到文章的起点,为什么很多人都慌慌张张、匆匆忙忙呢?答案可能不言而喻。

  我们每天或许会产生数十个甚至上百个想法,每一个想法都让我们兴奋或懊恼,我们期待一件事情能快速地开花结果,我们没有耐心沉下来做一件自己喜欢的事情,我们会很轻易地选择随波逐流,我们需要合群,需要不被孤立。我们害怕坚持自己最终只不过是一个失败的选择,我们害怕如果不跟随大众就会变成别人眼里的怪物。我们为未来担忧,为前途所困,却总是不愿意珍视当下,让自己的灵魂变得有趣。我们永远都在追求新的自我,却永远也看不清真正的自我。

  在匆忙的世界里,愿你活得从容,活得更像自己。

> 没有认真倾听过，
> 你就不知道
> 他有多可爱

发现周围的美好，无论是一个人的，抑或是某种事物的，都会让人内心喜悦。发现这种美好的过程，本身就是人生充满智慧的乐趣。如果乐趣有等级，这应该是超出自我范畴、最高级且有格局的大乐趣了。

古有云"人之初，性本善"，只是因为"性相近，习相远"，才会最终生成千差万别的人，善良在每个人内心似乎从胚胎发育时就自然而然地种下，非常纯粹。每个人的生活本身都如同一面镜子，你对周围报以温和的目光，世界就会向你招手微笑；反之，如果我们报之以黑暗，环境也自然会与我们为敌。而倾听本身就是一种积极的人生乐趣，善于倾听和发现别人美好的人，会增智、增识；反之心胸狭窄、耳朵听不得他人之言的人，则在忙于驳斥的反噬中孤独而无趣。

人生很短，
我决定活得有趣

周四的早晨，飘起了细雨，眼看着上班的时间要到了，雅南紧赶慢赶，拉开了一辆出租车的门。

上了车，师傅礼貌地问："你好，去哪？"

温和的语气，开启了雅南不一样的一天，他看上去快50岁了。

沿途聊到了考驾照的事，师傅说他不识字，考科目一和科目四的时候都是作弊过关的。雅南笑了，附和着说这也很厉害。他继续说："小时候没学好，耽误了。"然后，在接下来的路途中，雅南很自然地变身为一个听众。她是一个爱倾听的姑娘，在她看来，倾听别人的故事，跟看书和旅行一样，也是一道不错的风景线。当然，这其中不乏光明与黑暗、美好与不堪，但雅南乐于享受这个过程，这也恰恰是对诉说者的最大尊重。

可能是雅南看起来和别的年轻姑娘不同，她的打扮中规中矩，给人一种沉稳、值得信任的感觉。她心里一边想着师傅说过的话，一边继续听师傅感慨："男怕入错行，女怕嫁错郎。"虽然雅南内心认为这个观点在现代社会已经不完全适用了，但继续听他说："其实男人这辈子活的就是女人。"雅南不是特别明白他话里所指，想到他的年纪：是不是觉得生活没有了方向，奋斗没有了动力，消极情绪正在滋生？

然后听师傅继续说道："我遇到的第一个女人，是我妈，在农村，脾气特别不好，而老爸还喜欢喝酒，他一喝多，她就骂，两个人就总吵架。"雅南听得出，在他眼里，妈妈并没有多慈爱。

Second
和所有的有趣相遇

妈妈从小就不管他的学习，她除了和父亲吵架，还爱打麻将。他回家总是吃不上热饭，因为妈妈很晚才回来，有时候睡着了也不见她的影子，早上自己又早早地去上学了。"吃不到热乎饭是常有的事，习惯了，她也没啥别的乐趣！"师傅的话语中仿佛充满体谅。

人的记忆总是很玄妙，小时候尚不知回忆总是会抹去不好的感觉，夸大好的，也正是由于这种玄妙，我们才得以承受过往之沉重。

"不过不经常给我换干净衣服！"他的语气开始有些许抱怨，这之前都是平静的，偶尔眯着眼像是在回忆。

"我遇到的第二个女人，是我的老师。"

雅南听着，越来越感兴趣。

"小时候调皮捣蛋，不懂什么叫礼貌，"他说："老师特别讨厌我。"于是他越来越不愿意上学。他说老师特别讨厌他的时候，雅南心里突然揪了一下。是啊，面前的师傅，四十几年前也不过是一个孩子而已，一个聪明的精灵，当然能敏感地察觉到喜欢与不喜欢……后来他逃学抓泥鳅，和小孩打架、砸邻居家玻璃……再后来上完小学三年级。

"我的童年就是这么过来的，没有人校正我的行为。"师傅说这话的时候，雅南侧过头去看他，一个不怎么识字的人，没怎么上过学的人说他的童年，没人校正他的行为，这种话和这种"校正"的认知不是每一个人都会说。

人生很短，
我决定活得有趣

"我遇到的第三个女人，是我的前妻。哦，我离过婚。"他一边开车一边侧过头对雅南说，雅南浅浅微笑点了点头，表示自己一直在认真倾听。

这场诉说与倾听发生在一个细雨霏霏的早晨，显得那么自然而然。

"我能琢磨挣钱的事儿，她能收拾家，还给我生了个儿子！"说到这儿，他指着雅南坐的副驾驶处出租车信息版上一个年轻男孩的照片说："我儿子今年27，这个就是。"语气里尽是掩饰不住的来自父亲的自豪。

雅南认真看了看，说："他长得真好。"

"像他妈。"师傅说。

他继续说："正常过日子挺舒心，可我小时候没学好，年轻时候也不懂事，走错路犯了点错，判了三年零四个月的刑。"

服刑期间，最开始前妻也会来看他，他觉得也还算好。直到有一天，他听自己母亲说了外面的事，他进一步解释："意思就是我前妻犯了点错，你能懂吧？"

当晚，他逃狱，没成功，加了四个月的刑期。说到这里，他笑着说："现在回想起来，真是年轻气盛。都是从年轻那时候过来的，只怨自己没走正路，也不能怨别人。"这戏剧性的一幕听起来像极了电视剧的桥段，雅南没侧过头去看他，也没回应，她在内心共情着，生怕错过这位师傅的一点一滴。

"后来呢？"雅南问。

Second
和所有的有趣相遇

"后来离婚了。我现在又结婚了。"

雅南说："嗯,那现在怎么样?"

他几乎不假思索："不幸福。"

接着他迟疑了一会,看了看远处的道路情况。"她脾气不好,不过能主外。家里有四处干货店都是她管。"

"那占一样就行,不能指望着圆满。"雅南宽慰着说。

他摇摇头："能一起好好说说话才是幸福。"

车已经到了公司楼下,但雅南是听他说完这句话才下的车。

临下车之前,师傅看着雅南,若有所思地说:"姑娘,男人这一辈子遇到的女人太重要了。"

在一个再普通不过的周四早晨,上班的途中,雅南听了一个别人的故事。从头至尾,她虽然没有过多说话,脑海中却能将师傅的人生从头至尾勾勒出来,就像一部微电影一般,安静地诉说。雅南从中共情着师傅的境遇,听到他语重心长地分享着过来人的经验,心中颇有感触。

37分钟的车程,相比起一部小说,这个短暂的倾听仿佛更加立体。这位普通的师傅也因为他思想上的认知仿佛与其他人不同,不论他在做什么,他的思想让他的人生更加丰富,他的善感让自己的生活更有滋味。

倾听,才会发现别人的可爱,学会倾听,才能体会到一种充满人生智慧的乐趣。这也许不像其他爱好或者生活方式一样能直接给予自己乐趣,但学到他人的人生智慧,共情别人的生活经历，发现自己周围事物的可爱与存在，这本身就是一个被不断放大的美好的慢镜头，驱动着人的精神世界不断拓宽，天底下还有比这更让人内心澎湃的乐趣吗？

其实稍加分析就能明白，为什么电视里的访谈类节目越来越多，而且每一部影视作品或者热点内容在需要推出的时候，绝大多数都会做一期访谈类的节目，节目中就像聊天一样倾诉与倾听，这个过程不需要更多的技术，重在真情流露，短短的一期节目下来，就可以对主体倾诉者产生最直观的感受，进而对其参与的作品产生兴趣，实现"实效引流"。这其中不乏商业目的，但对于这类节目的倾听者（多数是主持人、创始人）来说，他们的乐趣却更多地来自倾听主体倾诉，透过别人的故事去一点点了解人性、人生。一位主持人曾这样说道："这其中的乐趣大有妙不可言的悸动。"

身边的风景一样美不胜收，只是我们不再善于观赏；身边的可爱之人也并不缺乏，只是我们疲于发现，更没有耐心和时间去投入一场"消耗"。而恰恰在这种原以为的"消耗"中，我们的内心是不断被赋能的，来自对生活感知的能量，来自对人生的体悟，甚至来自某些偏离轨道的自我认知，付出即收获。

生活虽然如流水般绵延又平淡，可在这静谧而又绵长的流淌中，有人听得见泉水叮咚，有人感受得到耳畔清风，有人看得到天高云淡，有人感受得到四季流转，不是因为这种人在生活中获得偏爱，或掌握了某项特异功能，而是因为他们拥有一双发现美

Second
和所有的有趣相遇

的眼睛，一种在平凡生活中善于倾听、能够共情的情怀。它悄无声息地、并不嘈杂地伴随着我们，释放时也是自然而然、毫无异相的。在别人的故事里穿梭，从不觉得突兀，因为这本身就是另一种奇妙的相遇。

一心一意，这个世界才会有趣

每个人在做自我介绍的时候，都会很自然地表达出自己的爱好，也就是兴趣所在，这当然也是获得乐趣的最核心部分。它对于我们的生活也许不会有立竿见影的帮助，却是润泽心灵必不可少的营养剂。人们愿意在喜欢的事情上"浪费"时间，但这种"浪费"从不是真正的浪费，而是一种享受，一种乐在其中。

苏青爱好古法手工，奈何自己没有技术、修为不够，但能观察古法手工的制作、收藏到古法手工的作品，已经很令她开心了。她认为，古法手工的背后总有着厚重的故事，这些真正有资格被称为民间艺术的往往平凡得如山如土。

手工、古法，这是在现代社会越来越流行的词，仿佛成了时尚的新宠。在纷繁复杂、五彩斑斓的尘世中，人们逐渐返璞归真，认为最原始的才是最自然的，旧时古法往往才是品质最上乘的。于是,原木裸色成了经久不衰的流行色,饰品褪去复杂的雕刻工艺,追求自然古法的呈现。当前最贵重的仿佛真的是那些手工制作的东西,吃、穿、住、行,无一例外。苏青对古法又敬又爱。

偶然间,她在巷子里遇到一位捏泥人的民间老师傅,这位民间大师是位阿婆,头发已经花白,脖子上挂着老花镜,镜腿颇为有趣,是两只稍有着色的小青蛙图案。看样子,是阿婆手工将自己的老花镜改成了自己喜欢的模样,这看起来好像比PRADA还要酷。

路过的苏青是被阿婆小车上的紫霞仙子泥像所吸引的。紫霞仙子头顶婚冠,双手交叉紧握在胸前,惊奇、幸福的眼神让苏青着迷。她凑过去看,发现阿婆的小车上插着各种泥像,除了紫霞仙子,还有至尊宝、春三十娘,他们只有巴掌大小,精致的五官却像极了上海蜡像馆中栩栩如生的蜡像制品。苏青问阿婆:"师傅,紫霞仙子这个表情是和牛魔王成亲那段?"

阿婆没有抬头,自顾自地捏着手里未成形的泥像,慢悠悠地说:"差不多,这是至尊宝踩着七彩祥云出现的时候。"专业做传媒文案的苏青从中领会到:阿婆也是一个崇尚爱情的人,因为她捏了整部电影中紫霞仙子最满怀期待的幸福瞬间。

除了"大话西游"系列人物,阿婆的小车上还有穆桂英这样的女中豪杰。本是午饭后散步的苏青看得入神,她蹲在阿婆身边,小心翼翼地旁观着阿婆的古法手工,这种手艺真的堪称是民间艺术家的水平。

阿婆见苏青不说话也不打扰她,但看得入神,是真心喜欢,于是停下手中的泥像递了个小凳子过去,苏青内心欣喜,随即坐了下来。她问阿婆自己能不能给这些小泥像和阿婆拍拍照片,阿婆没抬头,但随和地说:"喜欢就拍吧。"

苏青心里乐开了花,手上的手机却很有分寸,她认真地对准紫霞仙子,选择自己认为的最美的角度,左拍右拍,不亦乐乎。苏青见阿婆的车上除了这些有头有脸的"大人物",还有不少现代着装的"朋友"。原来阿婆不止捏喜欢的人物,还为喜欢泥像的顾客朋友做手工,苏青便请阿婆捏一个好看的自己。问了下时间,大概需要两个半小时。这个空闲的午后,苏青找到了乐趣之所在。

苏青成了阿婆的顾客,阿婆放下手中原本的泥像细细端详起苏青的眉眼脸庞,阿婆脸上露出笑容说:"是个憨厚的好孩子!"被阿婆一夸,苏青心里欢喜,一边配合着阿婆做微笑的表情,一边和阿婆拉起家常话,探索着一个民间艺术家背后的故事,她承认那个故事带着强烈的吸引力。

阿婆说:"别人都说我爹是个中看不中用的手艺人,捏泥像就是他教我的,但在那个时候养家糊口太难了,他也没捏出啥名堂,但我挺喜欢,因为捏起泥像就不用思考也不用动地方了,一心一意忙好手里的泥像才行,这种感觉我喜欢。

"我记得我爹后背有点弯驼,粗糙的双手紧抓着缰绳,赶着干瘦的小毛驴儿,拉着家里一台破旧的小马车,把被娘家休了的我接走了。是在一个黑天，60年代那会，这太不光彩了，只能黑天去接我。"

老人家抬头看看苏青的眉眼，又低头看看自己手中的泥像，仿佛在调整她的眉间距离。做这个动作的时候，她眼神聚焦，只字不语，宝贝着手里的泥像，生怕捏得不够好。

那个年代，人们大多纯粹，纯粹到眼里只有黑与白，融不进灰色……

"被婆家休了的姑娘没法再得到真诚的祝福。那个时代就那样，不像你们现在的年轻人，赶上好时候了。

"邻居们背后的指指点点，我爹权当听不见，就算听见了也装作没听见，他心疼闺女，见不得我哭。这从古到今都一样，自己的孩子自己亲。"

苏青借着给阿婆做模特的机会，细致地、大胆地观察起了阿婆：她有一双大眼睛，眉毛有点稀疏，皮肤有点黑，不算是个美人，但应该是个韧劲儿十足的阿婆。

丈夫自从娶她进门就十分嫌弃她黑，尽管家里大大小小十一口人的饭都是当年这个20岁的姑娘在做，冬天担着细长扁担挑水，瘦弱的身躯摇晃在村头的大圆井旁。

婆家不是什么大户，却在这个更穷酸的娘家面前有着十足的优越感。全家老小十一口人，除了挑刺的婆婆，还有从心底里瞧不上她的丈夫、最得宠的小姑子、只知道干活但不主事的公公和两个在家里没有任何话语权的小叔子……

丈夫会在吃饭时因为菜咸了大骂她,他只要一提嗓门,她手里的碗就跟着颤抖,另一只手使劲拽着衣角,不断地揉搓,就像溺水的人在慌乱绝望时抓住一根救命稻草,她不敢抬头看暴跳如雷的丈夫,只知道狠狠地点头,喉咙里发出"嗯,嗯……"的回应。

可悲的是,家里的爹娘看不到这一幕。他们总想着孩子要是遇着个疼她的男人是上辈子修来的福分。他们并不知道,除此之外,自己的孩子也经常在夜里挨打……

直到那一天,丈夫在村里赌输了一头牛,那是家里干活的主要劳动力。婆婆破口大骂,可骂的却是她这个做媳妇的,那个年代有个词儿,叫"扫把星"……

丈夫显然输红了眼,他一把拽过不知所措的她,几乎是从院子拖到了里屋,划上了门闩,抽出皮带狠狠地抽在她的身上……她用来遮挡的手背被抽得红肿起来,满是血印……那是一个怎样的夜……

远方,阿婆的爹正在一圈一圈拉着石磨。

丈夫终于写了休书。

说到这里,阿婆抬起头,释然一笑。"他就是变着法儿地找理由,终于能解脱了,因为他看不上我。要说婚姻这个事,强求不得,还得是两个人都愿意才行。"她说这些话的时候,像是在说别人家的故事,阿婆仿佛洞悉了苏青内心的想法:"都是过去的事了,再提起来啊,不觉得啥了。"

Second
和所有的有趣相遇

"后来呢?"苏青问。

"后来就是我记忆里那个情景,夜里我爹来把我接走了,人到啥时候都要有个疼你的人,不过那个晚上真叫一个黑啊……"

"我爹到临走都盼我嫁个好人家,我就不这么想,缘分靠遇,遇不到自己一辈子这样也挺好,我心里不空,我有它们呢!"说着,她眼神环顾眼前这些小泥像,仿佛心满意足。

听过阿婆的故事,苏青觉得像是看了一场电影,可是生活和电影的本质区别就是,生活不会照顾人的情绪。阿婆像紫霞仙子一样,没有再遇到自己的有缘人。不过她遇到了自己喜欢的人们,一群喜欢她作品的孩子,她的徒弟们。她说:"孩子的眼神里只有善良,他们太纯真了!"阿婆说这话时掩饰不住自己对他们的喜欢,苏青听着心里也跟着暖了起来。

如果爱好有段位的话,捏泥人——和一个有故事的师傅学习捏泥人,或许远比空调房里的插花班要高级得多,苏青这样想着,决定以后多多拜访阿婆。自己的小像也捏得八九不离十了,阿婆说:"孩子,你摘下眼镜我看看。"

苏青照做,阿婆推了推自己的眼镜框:"还是戴着显文静,就是这镜腿颜色太深了,你要有备用,这个我拿回去给你加工一下,我看得出你琢磨我这镜腿半天了!"

苏青忍不住笑出声,连连说好,阿婆说这话时就像一个高深莫测的老者,洞察了她一切的小心思。她忍不住和老人家打趣:"人和人是要讲眼缘的,对吧?"

> 人生很短，
> **我决定活得有趣**

　　阿婆点点头："这话说得对！看不上的人啊，怎么做都是个错。你是个憨厚的孩子！"她抬起头慈爱地笑了笑，苏青笑得跟小孩吃了蜜饯似的。

　　此后，苏青只要有空，都会去阿婆那里看看有没有又添上几款新的泥人小像，她自知年龄和悟性做不了阿婆的徒弟，但是能够让她走进古法手工世界已经是最大的收获。相比起一场电影，一次聚会，她更愿意在这里净化心灵，人终究要有些牵心的爱好，它全方位地契合你内心的乐趣点，给人以最大的满足。

　　古法手工，是一种对工匠精神内核的完美解读，通过古法手工塑造出来作品，无论呈现得完美与否，都掩盖不住它的温度和灵气。无论人们生活在哪个阶层，只要还有一项根植于心的爱好，并能从中获得乐趣，就说明我们的内心有顽强向上的生命力，甘于寂寞却从不甘于空白。

好的爱情能让你保留更多自我

有人说，看一个女人在爱情里是否幸福，只要观察她的精神状态就可以。活力十足，精神饱满，不用开口别人也会知道爱情滋养了她；而如果精神萎靡不振，情绪低落，那多半是饱受折磨，内心苦闷。

在爱情里，一千个女人就有一千种样子，但幸福的模样都是相似的。有的人在爱情里把自己活成了怨妇，有的人则把自己活成了贵妇。一个在爱情里迷失自我，与真正的自己渐行渐远；一个在爱情里寻找自我，与本心越靠越近。

莹莹上大学的时候交了一个男朋友，四年的感情却还是没有敌过毕业分手季的冲击，男朋友主动而干脆地向她提出分手，似乎对以往的甜蜜没有任何留恋。这样的打击对莹莹来说简直如同晴天霹雳，要知道就在前一刻，她还在构想着毕业后两个人的生活方向。对于未来，她觉得缺他不可。

听到分手的消息后，莹莹的第一反应是不敢相信，继而是崩溃大哭。她坐在宿舍乱糟糟的行李堆里，不吃不喝，整日蓬头垢面。直到室友们一个一个离开以后，她才发现空荡荡的房间只剩下了自己。提出分手后的当天晚上，男朋友就收拾好行李去了另外一个城市。这样的决绝让莹莹感受到了从未有过的寒心，她也起身开始收拾自己的行李。每隔几分钟，她都能在自己的行李堆中发现一件和男朋友有关的东西，她将它们集中装在了一个盒子里，临走前犹豫半天，最终还是带上了它们。她在心里暗暗发誓，五年之内，不会再恋爱了。

莹莹很喜欢数字，别人感到枯燥的会计课程，她却学得津津有味。大学的时候，考虑到以后的工作，她选择了会计专业。原本打算毕业就工作的她，在这一刻突然改变了心意，她想考研，让自己站在更高的起点。其实，这也是她自己一直以来的夙愿。在学习上，她是比较要强的人，之所以大三没下定决心考研，是因为当时男朋友的一句话，他说："我不喜欢整天只知道埋头学习的女人，不考研照样能找到一份不错的工作。你知道的，一旦你决定考研，咱们就不能每天这么长时间的见面，到时候你让我怎么办？"就这样，莹莹心软了，她放弃了考研。

现在回想起来，她觉得自己在与他的交往中，似乎经历了很多次类似的场景。比如，他说："我不喜欢女孩穿得太暴露，还是保守一点比较好。"莹莹便将自己到膝盖的短裙都换成了到脚踝的长裙，要么就是长的直筒牛仔裤，她已经想不起来自己上一次穿短裙是什么时候了；又比如，他说："我喜欢女孩子留长头发，最好是那种又黑又直的。"莹莹看了看镜子中自己染成暗红的一头短发，立即下定决心将头发留起来。现在，莹莹的头发已经过了肩，又黑又直，可是那个说喜欢的人已经不知去向了。以前他说过的喜欢的样子，莹莹现在都有了，可惜他已不在自己身边了。

莹莹突然觉得，现在连自己都快不认识自己了。如果重新审视自己一番的话，眼前的这个人到底是谁呢？

当一段感情需要你卑微地去讨好的时候，你就已经不再是你了。

明白过来这个道理时，莹莹的考研已经准备了大半年。她的每一分努力都在向自己宣告，要找回曾经失去的自我。由于每天时间紧、任务重，她剪掉了那头长发，又变回了从前那个干练清爽的模样。再次从镜子里看到自己短发的模样，莹莹的眼睛里闪现出了一丝光芒。她不用再顾及别人的喜好而去选择穿长裙或是长裤，可以完全依照自己的心情来搭配每天的服饰。也没人再会对她的选择指手画脚，未来的路，她要自己去选择。

凭借着自身的实力，再加上一点点运气，莹莹很顺利地在一所自己心仪的学校读了研。研究生期间，她心无旁骛，完全投入到课题研究和工作实践中。每次在课题研究上收获一点成果，她都会非常开心，做着自己喜欢的事情，就会觉得那个远离的自我

人生很短，
我决定活得有趣

正在慢慢靠近。她拿了很多奖，在学院期间，是有名的学霸型女神。很多学弟学妹都以她为榜样，希望自己也能取得她那样的成绩。期间，她还拒绝了好几个追求者。

当你的情感不再依附别人，而是独立生长的时候，就是你最美的时候。很多人在所谓的爱情里慢慢把自己活成了最无趣的那个人。吃饭的时候不能选择自己喜欢的口味，穿衣服的时候不能选择自己喜欢的风格，看电影的时候不能选择自己喜欢的影片，听音乐的时候不能选择自己喜欢的歌手，甚至睡觉的时候都不能选择自己喜欢的床单的颜色。到了最后，连自己喜欢什么也淡忘了。而当曾经寄托你全部感情和欢喜的人离开了以后，顺带着抽走的好像还有你身体里的灵魂，所以剩下的部分并不能称其为你，因为你已经不完整了。

有人说，最好的生活状态，最有趣的生活方式就是和自己喜欢的一切在一起。而实现这种生活状态和方式的前提就是，弄明白你喜欢的一切是什么。

朋友们再次收到莹莹的消息，是她在朋友圈公布婚讯的时候。这条朋友圈无疑成了一些人平淡生活中的一个彩色炸弹，和她关系要好的几个闺蜜很直白地调侃她，问她是否还记得曾经发的誓？之前还信誓旦旦地说五年内不会再恋爱，怎么时间还没到就急着结婚了？她只是甜蜜地笑着敷衍，嘴里呢喃着：结婚挺好的，结婚挺好的。

Second
和所有的有趣相遇

原来，研究生毕业后的莹莹去了一家本市顶级的证券公司，由于在校期间参与过很多次类似的工作实践，所以她的工作能力完全适合她的职位，并且做得得心应手。偶尔遇到一些能力之外的问题，她及时请教，基本上一次就能学会，领导对她颇为赏识。

在一次公司给大客户举办的酒会上，一个男人对她一见钟情，会后对她展开了热烈的追求。莹莹几番拒绝，并没有答应他。她说，最终让她卸下防备的，其实不是那些轰轰烈烈的攻势，而是一些不起眼的小细节。他不会对自己的穿着风格发表意见，而是每天都有新鲜的词语来夸赞自己的打扮。一起吃饭的时候，只要是她点的菜，他都能依据菜品讲出一个小故事，不管是编造的还是确有其事，都让她很开心。她感受到的是一种尊重，是一种不用背叛自己的释放，是一种以前喜欢这样、现在还喜欢这样以及以后还能喜欢这样的底气，也是一种对那个真实的她最好的肯定。

他给她找了很多专业领域的书，看过之后，两个人还会一起讨论书中的观点。如果遇到好的学习课程，他也会毫不犹豫地带上她一起报名参加，因为他知道这些都是她喜欢做的事情。

她说，这一次的感受和上一次完全不一样。以前是在舍弃自己去成全别人，而现在是在不停地丰富自己，这才是生活最大的趣味。

两个人都有自己喜欢的东西，但不会互相干涉，只会相互鼓励，给对方充足的空间，让彼此在爱情里都成长为最好的自己。

**人生很短，
我决定活得有趣**

在爱情里找到了自己，所以莹莹才决定结婚。她认为，能在一段感情里最大限度地保存你的自我的人才是值得托付的人。

生活本来就是一段漫长又充满未知的旅程，如果你连自己都弄丢了，又怎么去体会时不时冒出来的生活趣味呢？所谓有趣的人，就是能够带领你发现自我的人；所谓有趣的生活，就是和一个尊重你的自我的人一起去探索更多的未知。

一段糟糕的感情，只会让你的眼界越来越狭窄，让你的世界越来越封闭，让你的灵魂越来越枯燥；而一段好的感情，能给予你充分寻找自我、塑造自我、完善自我的空间和动力。当两个人懂得尊重彼此的差异，不强求对方和自己保持一致的步调，不强求对方一定要和自己有一样的喜好的时候，才能将生活的滋味调和到刚刚好。

相信每个人都想找一个有趣的人结婚，而这个人有趣的前提便是尊重你、保护你的自我。只有在这种前提之下，你才会发现生活的趣味，否则只会寡淡如水。

当你为了迎合别人而将自己改变得面目全非的时候，就是停下来反思一下这段感情对你来说是否合适的时候。你始终都要记住的是，好的爱情能让你保留更多的自我。你是否愿意在一段没有自我的感情里将自己有趣的灵魂一点一点耗尽呢？

对"旧爱"说再见，你才能自我治愈

提起爱情中的女子，她们多半是先被感动，然后让自己慢慢地变得被动。就像《诗经》中说的："士之耽兮，犹可说也，女之耽兮，不可说也。"有的人，一旦在感情里受到了伤害，就会开始质疑人生，大喊着再也不相信爱情了。你是否想过，正是因为你不愿意走出上一段感情的阴霾，所以也没办法去拥抱下一段感情的阳光。

其实，对待感情最漂亮的姿态就是拿得起，放得下。下面这两个不同场景的故事所传递出的内核，也一样是适用于感情。

以前在书上看到过这样一个故事：

一座寺庙里的老和尚带着自己的徒弟小和尚下山游历，不知不觉，他们走到了一条没有桥的大河边。他们要到河对岸去，好在河中间有一块一块大石头连接而成的路。可是，河水漫过石头，而且水流湍急。老和尚望着这条石路问小和尚："就这条路，你敢走过去吗？"小和尚毫不犹豫地说："敢！"说着，小和尚就准备背着师傅蹚过河去。

这时候，远处有一位姑娘朝着他们走了过来。这位姑娘面容姣好，身材婀娜。她走到河边，看着湍急的河水，不知道该怎么办。在河边徘徊了一会儿后，她最终求助于老和尚，让他背自己过河。老和尚二话没说，背起姑娘踩着石头朝河对岸走过去。小和尚看着这一幕，皱了皱眉头，但也只是赶紧跟在师傅后面过了河。

到了河对岸之后，老和尚放下姑娘，双手合拢说了句："阿弥陀佛，罪过罪过。"那位姑娘低着头小声说了句谢谢，就离开了。等小和尚过来的时候，姑娘已经走远了。他望着姑娘远去的方向，满脸疑惑地在心里盘算着：师傅平时总是教导我们不能近女色，而他自己今天就犯了大忌，竟然背着一位姑娘过河。虽然对此不甚明白，但小和尚并没有当场问出来。

他们两人就这样一前一后地走着，小和尚心里一直在想着这件事，只是始终没有勇气问出来。不知不觉，他们又走了二十里地，小和尚终于憋不住了，但他刚喊出师傅两个字，老和尚就已经明白了他的心思。老和尚先开口道："徒儿，你先不要说话，我知道你要问什么，但在你提问题之前，我倒想先问你几个问题。我先问你，刚刚那条河现在在哪里？"小和尚一脸疑惑地回答："我们早已经过了那条河，现在都走了二十多里路了。"老和尚紧接着又问道："那刚才那位姑娘呢？""姑娘也早已经走远，看不见了。"小和尚回答。

"是啊，河早就在我们身后二十多里之外的地方了，姑娘也早就消失得无影无踪了，可是为什么你还一直放不下呢？"师傅的一番话让小和尚顿时醒悟了。

师傅早已经将这件事情放下了，小和尚却放在心里念念不忘，这样想来，其实犯大忌的应该是他才对。想到这些，小和尚惭愧地低下了头。

其实，我们的感情又何尝不是如此呢？

那条河就是我们所经历的感情，老和尚背上的姑娘就是你在河边的记忆。或许在那里，你有过很多故事，好的或是坏的，但不管好与坏，都会被时间带走。当我们从湍急的河水中上岸以后，就要学会将背上的人放下。否则，你就只能负重而行，总有一天会将自己累倒。而前面的路那么长，你也只能停留在原地，寸步难行。

放不下过去的人，就不会有将来。

都说是时间治愈了一切，但其实治愈还是不治愈，只是我们自己的一种选择。

我们该有的心态是：莫愁前路无知己，天下谁人不识君。

公司前台薇薇前几天失恋了，身边的朋友纷纷过来安慰，大家对她进行了填鸭式的鸡汤教育，但没有起到任何作用，薇薇还是该低落低落，该失眠失眠，丝毫没有从阴影里走出来的迹象。

不过这种状态只持续了两天。这下，大家都陷入了一团迷雾之中。她们不明白,两天时间,一个在恋爱中受伤的女孩子是如何修复自己那颗伤痕累累的心的?但眼前的薇薇确实是满血复活一般,活泼开朗又爱笑。

其实薇薇并不是顿悟或者开化,只是做了一件颇为有趣的事情。

那天,沉迷在忧伤情绪中的薇薇下班回家后,心情变得更加糟糕。她满脑子都是恋爱的甜蜜场景,一边沉浸在回忆里,一边排斥着已经分手的现实。想着想着,她拿出了一本只写了几页的笔记本,将自己脑海中那些发生在过去恋爱里的甜蜜场景一条一条地列了出来。她写得很详细,哪怕是听到的让她感到温暖的一句话,她都完完整整地写了下来。这个过程大概持续了半个小时。

两个小时后,她手上的笔开始慢下来,因为她脑子里关于恋爱的甜蜜场景似乎已经被搜刮完毕。看着纸上列举出来的那些场景,她又用笔划去了一些自己认为矫情的片段,一番整理下来,纸上留下的关于她和他的甜蜜已经所剩无几。而经过最后的筛选,最终留在纸上的只有三件事情让她至今想来依然觉得甜蜜不已。她没有再继续划下去,而是将那页纸撕了下来。

接着,她又按照这种方式,写下了自己心中的痛苦。在回忆里搜索着这段感情带给自己的不快和折磨。这个过程大概持续了一个小时,一旦陷入回忆,她似乎有写不完的故事,写着写着,她都不敢相信自己在这段感情里曾经这么不快乐。最后,她终于不再想下去,停下了笔。回过头去看那些纸上留下的关于她痛苦的痕迹，似乎每一件都很真实。但她还是按照同样的方式删掉了一些，最后留下来的竟然还有十几条。她又撕下这些纸，在桌子上排开。

看着比例失衡的前后两次不同的情景，她竟然笑了起来。她在笑自己，这么真实的感受和体验摆在眼前，自己到底在舍不得什么呢？难道是舍不得那些痛苦和折磨吗？

薇薇将撕下来的那些纸埋在了楼下花坛里，不管是快乐的还是不快乐的，都用这种方式做一个诀别。埋掉以后，她的内心豁然开朗，也终于明白了，自己告别的并不是一段美好而值得留恋的感情，所以不再有什么舍不得。

有时候，我们放不下的，并不是感情里的对方，而是陷入感情里的自己。

有些事情本来没那么美好，只是因为回忆而变得无比美好。

这个难得的清醒认识，换来的就是让人羡慕的洒脱。

薇薇将过去的好与坏用文字的形式呈现在自己眼前，真相一目了然。人都是趋利避害的，当你明知道这件事并不会为你带来好结果，你或多或少都会慎重考虑，不会再轻率地做出任何决定，这对你下一次的选择也会产生一些利好的导向和指导。

当身边失恋的人都陷入一种不再相信爱情的氛围中时，薇薇却并没有丧失自己爱别人的本能和被人爱的权利。只不过这一次，她的眼睛擦得更亮，对于感情的选择，她也变得更加理智了。

人生很短，
我决定活得有趣

当一段感情已经变味，我们不必太为难自己。整天将自己深埋于回忆之中，还不如把思绪和眼光投向未来的自己。用一些有趣的方式来解决这些困扰，学着拿得起、放得下。

就像薇薇一样，她没有迷失在上一段感情的失败之中，也没有因为失恋而不停地去否定自己，从而让那种糟糕的心情影响自己的生活和工作。她用一种独特的方式告别了过去。

选择放下过去的时候，就是你选择新生的开始。

有趣之人从不会做无趣之事，他们的生活里没有绝境，碰到难以跨过去的坎，他们也不只是把一切都交给时间，而是会先看看自己，先改变自己的心态，积极地去调整和适应自己，这样才是快速走出人生阴霾的有效方法。所以，他们有的只是办法，而不是借口。

当我们沉浸在一段感情里难以抽身的时候，其实就是在给自己的逃避找借口。不愿意积极面对现实，不愿意调整自己的想法，不愿意打开自己的心扉，也不愿意接纳别人。这样的你，既失去了爱别人的能力，又失去了别人爱自己的机会。

每个人都有一个自己的专属频道，在同一个频道里会接收同样的信息，做出同样的反馈。我们只需要将自己的频道和那个对的人保持一致，就能捕捉到生活中很多有趣的气息。问题将不再是问题，你也将永远是你。

一辈子很短，不如变着花样去爱

过来人常挂在嘴边的一句话是：不过就是柴米油盐，合适的最好。"过来人"说的不假，因为他们在"爱"这条道上一路坎坎坷坷，早就把英勇之心消磨殆尽，哪还有那么多精力和期待？最后好累的时候无奈说了句：合适就行。言外之意，爱不爱不要紧，或者说衍生出一种无奈叫作：听说爱情来过。

米粒听着姐姐说些家长里短，一边在厨房忙着，一边喋喋不休。姐姐比她大9岁，原本家里想要个男孩，结果米粒顶了位。她从小仰望着姐姐长大，因为姐姐生来像极了妈妈，大大的眼睛，高高的个子，别人还会问姐姐，鼻子是不是做的，因为真的是又挺又直！米粒喜欢姐姐，希望长大能和她一样。

米粒13岁时，姐姐出嫁了，嫁给了爱情。米粒不懂爱情是什么，只是看到姐夫每次来家里都会在厨房露上一手，酱焖鲫鱼、红烧排骨，还有秘制拔丝山药，把一家人哄得开心不已，姐姐则窝在沙发上看看电视，聊聊天，一进了娘家的门，姐夫就好像是新媳妇见公婆，只顾忙里忙外。米粒问姐姐：为什么啥也不做，姐夫还对你那么好！姐姐眉毛一挑，神秘地说：我对他也好啊，你看不到而已！说着她递给米粒一把花生，补充道：所以你以后也要找一个和自己相爱的人，多做一些，少付出一些，没有谁会计较。

米粒牢记姐姐的爱情观，虽然还是个懵懂的少女，但是她一直视姐姐为自己心中的女神，直到她20岁，姐姐将近30岁时，心中的女神却选择了离婚。

即便亲人们十分反对，他们说：女人一过30岁就变天了，没有那么多精彩可言，出一家入一家哪有那么容易！然而姐姐还是毅然决然地坚持自己的选择，这当中当然有令她如此坚决的原因，也许是不能言说的苦衷，总之，她没有回头。

在所有亲人都以为她会一蹶不振的时候，姐姐剪了新发型，开始了和闺蜜们信天游的时光，而后用最快的速度回到了工作岗位。米粒问她，难受就出去走走。她在微信上说：时间宝贵，不值得浪费。姐姐还是那个姐姐，她似乎有年少时候的意气风发，走路带风的30岁的姑娘，没有布满沧桑。

半年后，她恋爱了。遇到了一个比自己大5岁的男人，是听起来很不靠谱的异地恋。家人说：你也老大不小了，要现实一点，能结婚才行，还当自己是小姑娘呢，谈恋爱！姐姐说：都已经体会过一回了，这些我心里都有数，现在只想谈恋爱，人生太苦了，为什么还要主动给生活增添枷锁？家人们觉得她不可理喻，米粒也为她担心，但是她说现在才是她真正想为自己而活的时候。

她开始坐长途火车，机票打折优惠时也会往返机场，两个人一起去旅行，去青岛吃大虾、去大连看海、去三亚游泳，还要去古城踏青石板路。不管是微雨清晨还是夜色阑珊，两个人对酒当歌，畅谈人生……显然，在别人眼里，两个人的恋爱指数很高，但是生活指数却令人担忧。米粒问姐姐：幸福吗？姐姐说，眼前的感受最真实，不强求幸福就会很幸福，随遇而安。

四个月后，姐姐分手了，原因是对方觉得累了，姐姐察觉到后，主动提出分手。她对米粒说：不要担心，我是积极又坚强的"小强"。米粒忽然觉得姐姐很棒，即便她可能藏起了情绪，可她还是有力量和勇气埋掉负面情绪，接受并且热爱生活。她期待着姐姐谈恋爱，只要她喜欢，只要爱情在，折腾的人生也许更有味道。

米粒深受姐姐的影响，在31岁时终于结婚了。在这之前她也相过亲，像所有女孩一样追求与被追求过，她和初恋分手7年后又再度复合，如今牵手走进婚姻的殿堂。在旁人看来，缘分不浅但也经不起折腾，好心的家人唠叨提醒：要相互忍让，宽容，别过分折腾才行啊！米粒狡黠一笑：不折腾就没有今天啦！

生活机械，人们都本能地追求新鲜刺激，很难墨守成规，这

人生很短，
我决定活得有趣

实在不能给出褒或贬的定义，仁者见仁，智者见智，变着花样去爱的人也许会获得幸福，至少在追逐的过程中获得爱。变着花样去爱，终究没错。

  米粒的闺蜜，找了一个比自己小7岁的男朋友。闺蜜们一听，纷纷张大了嘴巴：Oh my God! 有惊叹、有羡慕，也有好奇：没有代沟吗？他能理解你吗？闺蜜哈哈大笑：什么年代了，年龄早就不是代沟的因素了！你们这是赤裸裸的嫉妒！

  米粒知道，闺蜜为了男朋友的生日，早早准备了恋爱纪念册，制作两个人的恋爱MV，又托代购买了礼物，然后让米粒帮忙布置饭店的装饰。米粒心中有大写的"鄙视"，把他当儿子了吧，太周到了！闺蜜说，你懂什么，要让他和我在一起时无比幸福，以后就算和别人好了，也能记得属我能折腾！说这些时，闺蜜一脸的轻松愉悦，看得出，她并不觉得麻烦，反而是"送人玫瑰，手留余香"般的自我满足。

  直到现在，米粒也才知道，原来伴侣们都喜欢这一套，在折腾中自我存在感指数飙升，幸福感指数爆棚，大脑持续不断地给自己输送信号：这种感觉很OK，我遇到了对的人！

  10个月后，闺蜜要结婚了，她在群里给姐妹们布置任务：有人唱歌，有人堵门儿，有人跳舞，有人给新郎出难题，有人负责挡酒……折腾得不亦乐乎。闺蜜们不乐意了，不是因为接到的任务多，而是纷纷抱怨闺蜜"娶了个老公！"他负责些什么啊？就

Second
和所有的有趣相遇

等现成的啊！闺蜜半开玩笑地说：看看你们目光短浅的样子，结果为了什么啊，不就是幸福吗？我的幸福就是我能让他感受到幸福，愿意和我在一起！我现在做的每一件事，最后最高兴的是我自己！有点远见！说罢，她在这些微信语音后面跟了一连串的搞怪表情！闺蜜们一脸"臣服"。

有滋味的爱情在于有花样，更在于心甘情愿地接受"变幻莫测"，没有定制模式，只有实实在在的切身感受。变着花样去爱，顺应自己的心意，你会发现，最先受益的人毫无疑问是自己。

抱怨是感情世界里的一颗毒瘤

人生的无趣十之八九来自抱怨，抱怨和无趣宛若一对孪生兄弟，形影不离。而要在婚姻中告别无趣，自然也要从远离抱怨入手。一地鸡毛的生活本身就是无趣、抱怨、凌乱的滋生地，如果还希望自己的爱情重焕光彩，那么首先要做的就是改变不堪的一切。

爱情世界里的双方在把彼此成就为"差评师"之前，理应选择看向彼此身上的优点，感恩彼此为家庭的改变付出的努力和行动。一旦对方稍有进步，至少不吝啬肯定其带来的美好。每个人心底都渴望被看见、被肯定，英雄主义也多是这样被成就的。拿出耐心来，像慈祥的母亲呵护自己的孩子一样去对待感情、婚姻，哪怕对方现在身上没有的优点，也希望你换一种期待的方式，而不是张嘴闭嘴的"你看人家"。

Second
和所有的有趣相遇

舒暖是个居家的小女人，长相清秀可爱，性格里有几分藏不住的甜。老公的朋友们都羡慕他，有好福气娶到佳人，看着自己家野蛮无理的老婆，不禁仰天长啸：上辈子做了什么坏事，遇到老婆就好运用尽！舒暖听着，咯咯咯地笑着依偎在老公身旁，一副与世无争的模样。

酒过三巡，夜半时分。朋友们都喝得迷迷糊糊，也很尽兴，跟跟跄跄地开始收拾东西准备回家了。其中一个朋友由于贪杯喝得太高兴，低头系鞋带时一下子来了个"现场直播"，吐到了舒暖刚买不久的鞋子上。老公连忙扶住朋友去卫生间，舒暖则看着鞋子心疼不已。终于送走朋友后，老公趁着朋友们大夸娇妻的美劲儿，一边开玩笑一边收拾桌子，不曾想人前温柔可爱的舒暖突然大发雷霆："总是领一堆朋友回来，弄得家里脏乱差，你收拾吗！"本来高兴的老公，听完不乐意了："不是一直是我收拾吗？"舒暖说："这是你一个人的家吗？总是把家里弄得乱七八糟，房子房子不大，装修没有好装修，保持个干净总行吧！……"老公刚刚喝完酒，一个醉了酒的人是不可能百分百理性的。妻子的抱怨终于激怒了他，他几乎用了最大力气，打碎了伸手能碰到的一切障碍物，确切地说，那是一些他们曾经一起挑选的精致摆件，其中还有一个舒暖的生肖瓷器，无一例外地都成了一地碎片。这一声巨响引来了真正的战争，然后是一场无边无际的沉默和冷战。

三毛说："偶尔抱怨一次人生，可能是某种情感的宣泄，并无不可，但习惯性地用抱怨解决一切，就是不聪明的人了。"舒暖并非人如其名,她不是一个令人舒服和温暖的女人,至少她的老公这样觉得。他最讨厌舒暖那种说教式的语气,其中充满对自己所作所为的不屑和不满,他曾经反抗过,但得来的不是电影里的温柔改过,而是一场争吵,直到这个模式彻底成了"模型"。

他们的婚姻充满抱怨,舒暖大声抱怨他臭脾气、没担当,他心里遗憾自己没能遇到宽厚温柔的女人,还要整日面对眼前这张喋喋不休抱怨的脸。没有激情的花火,只有激烈的争执。

当抱怨成为习惯,会蒙蔽你发现美的眼睛,再美丽的风景在你看来都是无感的,再美味的佳肴吃起来也平淡无味,再动人的电影也变得索然无趣。就这样,另一半再多的付出也都无法得到公正的对待,因为他们的预期往往高到上不封顶,但身上的负面情绪却像泉眼一样。慢慢地,舒暖看不到老公的好了,也听不到老公在朋友面前对自己的夸赞,抑或是听而不闻,把一切都抛诸脑后。用挑剔的眼光看待对方,绝不会令自己满意。

文坛伉俪钱锺书和杨绛,演绎了传奇般的爱情佳话,而传奇的本质却又平凡得毫无新奇之处——宽容。钱锺书虽然是一代文坛大师,可在生活上却是出了名的"低智商"。这一点,杨绛也是在婚后才慢慢发现。

钱锺书在生活上非但不能帮杨绛分担,还常常像孩子一样做错事。一个女人,要长年累月地包容丈夫这一点是需要极大的耐心的。在杨绛生孩子期间,因为住院没法再继续照顾钱锺书的生活,结果才短短数日,家里就一团糟。钱锺书每天都会去医院探望杨绛，常苦着脸说："我做错事了，打翻了墨水瓶，把房东家的桌布染了。"杨绛听了，一点抱怨都没有，反而安慰说："不要紧，我会洗。""可是墨水呀！"钱锺书既担心又怀疑。杨绛温柔地说："墨水也能洗。"杨绛不责怪他常做错事，也不抱怨自己在生孩子时还不能得到细心照料和慰藉，他们之间仿佛从没有过争吵。

隔了几天，钱锺书又带来一副苦瓜脸："我不小心把台灯摔坏了。""不要紧，我会修。"钱锺书听了很安心，他似乎依赖着杨绛为他解决生活中的一切麻烦。而杨绛也真的成了丈夫的守护者，"摆平"了每一件事，没有责怪，没有抱怨，只有宽容，只有一往情深。

杨绛的明智，在于知道结局而不屑于纠结过程。抱怨除了能让人一时痛快，只会收获稀释感情的祸根。其实那些怨天尤人的人，他们的痛苦并没有多独特，无非就是"正在糟蹋最珍贵的东西而悔不当初"，企及得不到的，忽略所拥有的。

一个人如果对任何事情都不满意，总是怀着抱怨的心情，活在怨恨中，自己也会受伤，而终结抱怨的最有效方式，即是温柔以对，与它和解。

Third

无论如何,你和世界要有点不一样

不必为了适应世界而强装世故

很多人都说,到了什么年龄就该做什么事。比如小孩子就要天真烂漫,青少年就要阳光勤奋,二十几岁的姑娘、小伙子就要谈恋爱,三十好几就该成家立业,早了说你不务正业,晚了说你性格古怪……对这个世界来说,早与晚都要成为别人茶余饭后的主角,于是绝大多数人为了"刚刚好"的人生拼尽全力,最终为的是给别人交上一份满意的答卷。

在科室里,提到白医生,工作组里的同龄人好像不太买账,用大杨的话说:"高高在上的白医生,名字听起来就清冷,不跟咱们热乎是正常的!"言语之间不难听出些冷嘲热讽的意思。

三十八岁的白婉,至今未婚,她的眉目间有一丝清冷和与世无争,好多人觉得她神似模特杜娟。

妈妈无奈地说:"婉儿,作为医生,性子太冷可不好,和患者、同事打交道，难免要吃亏！"白婉在认真地修剪多肉的枝芽："妈，我是手术室里的医生，少说话是为了拿稳手术刀！"她也只有和妈妈才会辩论上几句，对同事总是淡淡地笑。

晚上有酒局，白婉谢绝了，一来二去，同事们也就习惯了她"清冷"的性子。

有些人习惯独来独往，追根溯源可能和成长环境有关，或者起因于不怎么美好的童年，也有可能是自己想融入圈子但情商跟不上节奏，无奈掉队；可还有一些人，他们天生习惯独来独往，享受独处的时光，尽管在别人看来有些怪异，有些特立独行。

白婉属于最后一种，她并不想用自己的时间去交换别人的情绪，她任凭别人给自己贴标签，但她会以自己的方式守护内心。

生活的最好方式，是深情而不纠结，我们不必为了迎合别人的审美品位而刻意修剪自己。时光本身不可分割，但因为有了一个个鲜活的个体，才让时光也有了它的主人，在主人这里，时光是私域的、独享的，只有自己才有权支配。对生活负责的人，最终是我们自己，不必为了迎合大众、适应世俗而委屈自己。

白婉走在飘着雪的冬日雪地里，耳边是脚下传来的"咯吱咯吱"的声响和雪花飘落的簌簌声，目之所及尽是行色匆匆的路人，她的雪中漫步似乎有些奇怪，毕竟零下二十几度的北方，少了些电视中的唯美。

白婉张开嘴，哈了口气，纯白的薄雾慢慢地融于空气中，她觉得有趣，想着应该是寒冷的缘故，呼出的气流动的速度也跟着变得

Third
无论如何,你和世界要有点不一样

缓慢了。

邻居一边拽着小朋友的手一边拎着菜,急匆匆地和白婉迎面相遇,简单地打了声招呼便擦身而过,白婉听到小朋友和妈妈的对话:"我也想在雪地里走走,老师说了还有流星雨!"

妈妈呵斥道:"这么冷的天在外面玩,你有毛病啊!"

天真的小朋友一下子怔住了,沉默了几秒后奶声奶气地问:"那白阿姨是有病吗?"

因为距离拉得越来越远,白婉听不到下面的对话了,她淡淡地笑着,看着暮色里的一片洁白。

白婉经常一个人逛街,一个人挑DVD、买衣服,看所有她喜欢的东西。她会上瘾般地一个人穿梭在超市里,在红酒展架前流连忘返;一个人沉浸于旧时光里的音像店,在喜欢的CD前驻足,听店里播放的《后街男孩》;一个人漫步在或宽阔或狭窄的路上,漫不经心……

在别人眼里有些怪僻的行为,她却乐在其中。

人生在世,拥有共情的能力、共性的思维是融于群体的基本能力,但共情、共性的前提却重在"共",实在不必为了刻意的认同而一味地妥协甚至丧失自我。

《三傻大闹宝莱坞》中,男主出身卑微,是个孤儿,当他获得了最令自己向往的求学机会时,面对人人畏惧的校长,面对熊孩子们的欺负,他显得有点特别,当校长拿出太空钢笔时,他大胆地问:为什么太空上不用铅笔?当讲台上的老师提问他"机械"的定义时,他十分形象而有趣地打着比方,生活处处所见、耳熟能详的例子让在座的每位同学都明白了"机械"的定义。但是老师告诉他,考试时要用书本上的标准定义,除非他想得零分。

当第一次走进这所向往的校园时,他看到的不是友好温暖的大大的拥抱,而是一个个充满讥笑、等待看热闹的观众,还有一个个充满胜利欲望的熊孩子同学。他们捉弄新同学,沉浸在这些新生们对自己的束手就擒之中。可是男主偏偏是那最特殊的一个,他利用自己所学的物理和化学知识,成功地将熊孩子们用在自己身上的恶作剧反治其身,让他们大吃苦头。这个男主,看着不靠谱,却活得开心自在,如果他按世人的观点,在什么位置、在什么环境过什么样的日子,那么他应该是一个自暴自弃、性情怪僻甚至不知道自尊为何物的可怜虫。然而,他却活得乐观潇洒。

不必为了适应世界而强装世故,不必为了适应环境而强装成熟,人们最应该忠于的是自己内心的感受和对这个世界上某种信念的热忱。这种信念可以是一种心态,也可以是一种执念,它看起来无用但于你而言却是至尊至爱的一样东西,它的特别之处在于,深藏着一种叫作"忠于热爱"的情怀。

男主热爱学习,他无论处于何种环境,都目标明确,对一个孤儿来说,能得衣食、冷暖应该是最重要的了,可他偏偏不"安分",这成就了他的天才人生。这虽是戏剧,何尝不是人生

Third
无论如何,你和世界要有点不一样

缩影?

"北漂"在前几年是件很有勇气的事,似乎不去"北漂"就不能追求梦想,担不起"青春"二字。念念说,她要抓住青春的尾巴。

七年了,念念如今和老友坐在北京小馆里吃水爆肚,从前滴酒不沾的她小口抿着杯里辛辣的白酒,发出"滋滋"的响声。

老友忍不住笑话她:"你这个喝法像过去爱喝烧酒的老大爷!一点也不像个姑娘家。"

念念听了笑着回答:"这语气像极了我妈!别人爱咋看咋看呗,我自己开心啊,你说是不是?来,你也尝尝!"说着,她把小口杯推到老友面前。

34岁的念念现在是媒体公司的一名职员,七年的"北漂"生活下来,她仍是一个秀外慧中的姑娘。她租住的房子里,装满了自己喜欢的小玩意,比如喝烧酒的小口杯,各式各样,琳琅满目,搬家时同事嫌麻烦,劝她丢掉,念念则把它们小心翼翼地装进自己随身带着的大包包里,笑着说:"这些可都是我的宝贝!"

她"北漂"的日子因为这些叮叮作响的"家当"而有了些小美好。可是家里人却忍受不了她"追青春的日子",妈妈催她:"34岁的老姑娘,要是在老家,孩子已经上小学了!"妈妈隔三岔五就打电话要她去相亲。

念念和很多女孩一样,对这一套催婚嗤之以鼻,但据大家交流心得时的共同体会，她知道绝大多数姑娘是因为抵抗不住寂寞和家里的催婚，于是到了该结婚的年龄就选择一个"差不多"的人结了婚。婚后，大家问怎么样，她们会说"凑合"。哪知人生才刚刚开始，一地鸡毛的生活还没有到来而已。

念念从最开始的对妈妈大声说"不"，慢慢地转移成心里的拉锯战，她日日磨蹭着，想要降低岁月带给妈妈的"焦灼感"。可人生从不必担心的、今早醒来一定比昨天有所收获的，就是年龄的增长。终于有一天，她向世俗认怂，遂了家人的心愿去相亲，开启了一段令她刻骨铭心的"受伤之旅"。

念念认识了一个帅哥，人帅多金还幽默，重要的是会哄女孩开心，念念这种相对传统的女孩，遇到这种人只能"束手就擒"。念念以为自己恋爱了，谁知男方已经有一个马上就要步入婚姻殿堂的女友，还有若干不知名的露水情缘。如我们所料，念念被骗了。

很多人都说，人在受伤时也要风度翩翩，念念在那一刻用行动诠释了这句话："狗屁！"凭什么因为别人的定义，在受伤时就要控制自己的伤痛感，装作风度翩翩不能爆发？她把渣男的房间一顿疯狂"洗礼"，发泄过后，她的心也跟着平静下来。

这个时候，在世人眼里，念念应该视所有男人为病毒，不愿也不敢靠近才对，可偏偏，极具戏剧性的，和前渣男友一起同住的一个朋友闯进了她的心里，他看到平日时温暖可人的念念发疯，不禁心疼起来，默默地清扫着地上的碎片残骸……

Third
无论如何,你和世界要有点不一样

他像一股春风,吹进了念念的心里,她又恋爱了。

是啊,受了一次伤,一个月内再恋爱就是滥情吗?在很多人定义的价值观里,念念显得超标了,但是她却活在自己的爱情里,只要幸福着,关别人什么事?一定要交给别人一份满意的答卷而为难自己吗?这是不是多情带来的自扰呢?

男友要带念念去见自己的妈妈,这对念念来说是个天大的好事,代表着自己被认真地爱着,可是她却说:要把自己曾经被渣男骗过的事情告诉未来婆婆,一向老实的男朋友说:这个就没必要了吧!

诚然,在这个社会上,无论年轻人的世界多么宽容和富有弹性,但在长辈的心里,传统的好姑娘的标准似乎从来没有变过,人们臆想着一个女孩要温柔端庄,似乎这才是一个好女孩的标志。但是念念又说:诚实才不累,坦坦白白的日子才开心!

世人眼里的念念太傻,傻到有些可叹可气,可是念念本人却不这样认为,她会因为自己的坦诚而内心坦荡,因为自己的诚实而感到轻松自在,因为不用遮掩而感觉到畅快。

念念的结局是一个小欢喜,她终于收获了自己的爱情,因为自己的强大和坚持,她在愉悦和安心中得到了自己想要的。男友觉得她是个诚实的好姑娘,诚实到有些傻,傻到发光,这种光芒叫可爱,而"未来婆婆"和亲友也送上祝福,"未来婆婆"告诉儿子:"念念是个好姑娘。"

有句话说:绝大多数人选择的才是值得的。但还有这样一句

**人生很短，
我决定活得有趣**

　　话：不必为了别人来活自己。因为一个人无论多努力，都活不到别人心里的100分，而活自己，60分及格就已经让人感到愉悦了，努力一点，真的会收获一点。

　　保留天真，但绝不忤逆；保留情怀，但不必矫情。你总要和这个世界有点不同，但不要为了不同这个标签而强行不同。年纪再大，也可以过儿童节，心有童真，这没什么可丢人，更和成熟与否无关。你可以在酒桌上推杯换盏，也可捧着小花束天真烂漫，只要你是笑着的，你的世界就是对的。

你那么死气沉沉,注定无趣无味

下雨时,有的人能感受到雨,有的人只会讨厌被淋湿,而有的人则会看到一幅水墨风景画。

思维里有太多"应该"的人,以及活在"概念"里的人,他们的生活往往枯燥无味,甚至死气沉沉。

在现代职场中,有太多人做着自己"应该做的",而非"愿意做的"事情。于是,有这样一部分人,他们上班时心情沉重,步履迟缓,稍一堵车"路怒症"就会发作,工作上不积极,表情呆滞,内心泛不起任何涟漪。还有一些人形容自己既不开心也不烦躁,因为他们只是在机械地重复着昨天的事。

渐渐地,他们失去了斗志,失去了不甘,慢慢地接受现状,开始追剧到凌晨两点钟,第二天早起上班时精神萎靡……

终于有一天,身边的同级同事一下子成了他们的上级,宛若

人生很短，
我决定活得有趣

当头一棒。他们看不到别人的努力，也看不到自己的萎靡，只有抱怨和意志挫败，于是更加死气沉沉，直到有一天被HR约谈，理由是：在你身上看不到活力和热情，抱歉。

这种低沉，似乎能把春天染墨，让夏天寒冷，可生活却需要我们不断地创造新鲜感，由此才能产生源源不断的趣味，自己的内心才会得到满足。

只是，死气沉沉的心到哪儿才能开拓出一片新天地呢？开拓者需要的是拥有创造力和充满热情的灵魂，可有些人却陷入死气沉沉和无味无味的境地，无限轮回。

随着网络时代的发展，快递小哥越来越受到关注。一段外卖小哥在等红灯时骑在摩托车上情不自禁舞动身体的视频刷爆了网络。只见身体协调性并不是很好的他左右摇晃，但一抖一扭中却显示着掩饰不住的喜感，同样正在等红灯的后车似乎也被这份快乐感染了，司机拿起手机拍下了这一幕：一个充满趣味的背影！想必录下这段视频的司机，日后再次翻到这段视频时也会忍俊不禁吧。

这段颇有喜感的视频之所以爆红网络，也许是因为快递小哥那种不经意间展现出的趣味。一瞬间，让人觉得他所送的外卖都带有一份喜悦，而正等待的顾客可能也会幸运地收到一份无价的快乐。

愈是辛苦愈是要设法创造乐趣，这需要加倍的精神力量。

还有一位人们所熟知的"快递小哥"——窦立国。他说：

Third
无论如何,你和世界要有点不一样

"要成功,成就大梦想,一定要做好小事。幸福是奋斗出来的!"他在电视荧屏前这样分享着自己的故事。

人们看到了在最平凡的岗位上,在大多数人看起来机械到毫无乐趣甚至死气沉沉的快递工作上,笔直地挺起的一个励志的身影!他用事实告诉我们:"在看似不起眼的平凡岗位上,只要勤勤恳恳,不放弃对自我价值的不懈追求,普通劳动者的梦想就能破土而出,开花结果;而属于奋斗者的时代,也为梦想者提供了实现价值的平台与上升空间。"

这位普通的快递小哥,从原来月薪450元的保安一路转型做厨师再到快递员,最后还站在了纽交所成为阿里巴巴上市时的8位敲钟人之一。

1996年,只身闯荡北京的窦立国年仅21岁,他不知道自己能做什么,擅长什么,只是想有口饭吃。他进入一家酒楼,做起了保安。做保安的基本素质就是"眼里有活儿"。带着抱怨与不甘的人是做不好保安工作的,这是一个超级平凡、不容易被人注意的岗位,却被他做得有声有色,他曾回忆说:"下雨天,来吃饭的客人没带伞,我一直拿伞接送,也没想过自己有没有淋到,只要服务好客人就行。"他说为客人提供服务时,自己也心生欢喜,觉得体现了自己的价值,这是基层岗位上的工作者很难拥有的认知。

窦立国的一举一动都被经理看在眼里,很快就将他提拔到后厨,原因很简单:"后厨是门手艺,学门手艺到哪里都能养活自己。"他觉得新的乐趣来了,这是一个自己从未曾涉猎的新天地,有太多新鲜的东西需要认识和学习了。

窦立国的"眼里有活儿,为人有趣儿"深得师傅喜爱,没过多久师傅就教他雕花。学习的过程非常辛苦,但对窦立国来说,刻足2000多个萝卜不在话下,在旁人看起来折磨人的事,在他眼里乐趣无穷。

而后的某一天,机缘巧合之下,他接触到了快递业。做一行爱一行,行行有乐趣,这是窦立国的心得。他甚至想出了不少推销秘籍:圣诞节穿上圣诞老人的服饰,一边发送名片一边送平安果;看着凭借自己常年走街串巷的经历制作出来的手绘北京市避堵地图,心里颇有"成就感",而且还被网友亲证——简单好用……

慢慢地,人们认识了窦立国,"他这个人啊,有意思,花样多,还热情!"邻居们这样评价他,他们也是他的客户。此时窦立国每天都能送出80—100个快件,月收入达到了两三万元,这是他过去不敢想的,但如今在"热爱"中一点点孕育出了结果。某一天,他获得了一个大订单:"2010年的夏天,我在高温40℃下帮客户卸货,衣服都湿透了。客户找我要了联系方式,过了3个月给我了一个20万的单子。"

在窦立国身上,你永远看不到"死气沉沉"和"无趣无味",他仿佛是光,那些负面情绪在他面前也好像"见光死"一般。难道他没有遇到过困难?怎么会!只是任何难题在他眼中都

Third
无论如何，你和世界要有点不一样

变成了考验和帮助他进步的助力。用心对待工作和生活的人，生活和工作才不会亏待他。

窦立国拥有了自己的公司，他积极经营，一改传统快递业的颓势，被评为"最美快递员"，直到站在纽交所的敲钟台上。

相信窦立国的故事让很多人都会对"奋斗"这个词有新的认识，有些人的奋斗苦中有笑，无论从事何种职业、面对何种环境，他们都是一腔热忱，用行动让平凡的日子变得精彩又有趣。

相比起快递行业里的"大咖"和"舞蹈小哥"，我们身边更多的是平凡的快递从业者。

航宇给妈妈打电话："太累了，送不完快递还要扣月度奖金，奖金本来也不多，昨天晚上八点多才吃上饭！"

妈妈在电话那头心疼儿子："换个工作吧，要不回来开个早餐店，你之前不是学过做面点吗？"

"那也需要早起啊！你知道我最受不了早起了。"

"我和你爸能帮你……"

等电梯的航宇和妈妈的这通电话，变相地结束了他的快递生涯。他没有"舞蹈小哥"乐观有趣，也不是拥有"段位"的行业大咖，他甚至都算不上是一个"正常"的普通人。因为他不曾意识到时光的玄妙，在生活面前，没有出身和地位之分，它只成全有准备、肯付出、有能量的人。

不过，生活总会有死气沉沉的时候，再乐观的人也可能会掩

人生很短，
我决定活得有趣

面哭泣，我们并不想用鸡汤治愈心灵，唯愿用热情改变对生活的态度。

如果有那么一段时光，生机勃勃的日子真的黯然失色，我们也可以一点一滴去激活它，激活我们对生活的情趣。

国内外的商超巨头就像天空上的繁星，数不胜数。然而若论影响力，却有一个传奇的零售商超，它引得阿里参观，获得同行赞许，更受百姓喜爱。人们说，因为它改变了一座城，这个企业就是——许昌胖东来商贸集团。

我们很难从传统商超猜想出它有什么不同，同样是货品陈列，同样是日常供给，能有什么特别花样？

然而，当人们走进胖东来超市时就不难发现，它是一个把寻常日子过得热气腾腾的温暖企业。当所有商超都在张贴各类海报、疯狂打折促销、忙于加价换购时，胖东来却在陈列柜台上满满地布置了日常生活的小常识，一份调料如何用才会尽其美味，蔬菜怎么保存才能锁住水分，甚至于某件商品本身很好，但是在体验中它却有某种缺陷……各种各样堪称"科普"式的生活知识，让前来购物的顾客可以一边逛一边学，一边消费一边收获。

"如果你心情不好，就得逛逛胖东来！"这是当地人对这个商超的评价，由此可见美誉何其重要！在各大商超的橱窗贴满明星海报、品牌字样时，它的橱窗却贴着一个带着宠溺般的眼神望着怀抱里狗狗的小女孩，她的眼睛里流淌出来的温暖让人动容，一旁写着：热爱生活，像热爱自己一样。

不了解它的人感觉胖东来简直就是个"奇葩"，这么有优势

Third
无论如何，你和世界要有点不一样

的宣传位置，却放这些"无用"的东西，简直是浪费。可当置身其中，无时无刻不被充满"爱"的文化包围时，人们开始懂得，一个商超除了能满足人们的日常供给，原来也可以给人"精神充氧"。

就连商超里改裤脚的裁缝铺橱窗，也没有贴任何商业宣传的文字，而是"科普"着"微笑"具备强大治愈的力量。

是的，我们很难想象，一个商超的巨大橱窗上，放的居然是文案而不是明星海报，可就是这样的胖东来，才真真正正地走进了人们的心里，它把普通到机械的供给行业做得有声有色，做得温情满满。因为它在用心培养着鲜活有趣的灵魂。在大家眼里，这里已不是一个商品供给站，而是灵魂充氧室，这里没有充满"硝烟味"的导购，只有随处可见的趣味科普。

无论是个体，还是集体，都应该告别死气沉沉，告别无趣无味，想要逃离这个怪圈，就要做到不让自己沉沦在负面情绪里，而要拉开心中的窗帘，让阳光照射进来，让爱在心中不断生根，然后由内而外地绽放幸福！

最好的时光在路上

生活的有趣,是一生的才情。那些能够填满时光的趣事,除了柴米油盐酿造出的热气腾腾与和风细雨相伴的鸟语花香,还有大千世界的无限风光,从四面八方而来的颜色和味道——湛蓝的天空、午后的阳光、壮观的大漠、浩瀚的星空……似乎都在告诉我们,最好的时光在路上。

前几年在网络上引起轩然大波的辞职信,应该是较早的网红代表。一位女教师在她的辞职信上写道:"世界那么大,我想去看看。"这一度被评为"最具情怀的辞职信",没有之一。领导看过她的辞职理由后,想必也是感慨万千,在审批栏上挥笔签下了自己的名字。这样的辞职理由让人动容,温婉的语言背后是一种强大不可动摇的人生态度,她确信自己的人生妙趣在路上,并不在朝九晚五的岗位上。

Third
无论如何，你和世界要有点不一样

清晨爬出温暖的被窝，你就能见证第一缕阳光照射人间的景象；周末放弃追剧，置身于自然之中，你就能看到花在丛中笑；走出熟悉的地方，你也许会呼吸到更充足的氧气，因为心灵的润泽是让时光不着痕迹的最好方法。

大冰说："总有一种生活，既能朝九晚五，也能浪迹天涯。"所以你想在最美的时光里徜徉，不代表就一定要写份"最有情怀的辞职书"。魏迟激动于大冰说出了自己的心里话，他觉得两句话概括了他的生活状态，解释了那些不被理解的"折腾"。魏迟36岁了，王老五一枚，爱喝酒、爱聊江湖、爱信天游也爱一次次约走川藏线。每逢小长假，当身边的人沉浸在放纵情绪的狂欢之中时，他说："换个地方喝酒聊天吧！"大家一时怔住，问这个时间点是否堵车，要开上多久？他说："去西藏看羚羊，在经幡旗下面拍张照，在星空下喝酒才够酷。"不论是否有同行的朋友，他都没有停止过享受在路上的时光。

魏迟自驾进川藏，在圈里是出了名的战士。因为他的坚持和有趣的影响，越来越多的朋友选择赴约，从一二相伴到三五成群，再到和地方驴友"会师"，进川的人数越来越多。慢慢地，为方便更多有共同爱好的朋友相识相伴，他开通了公众号，适时写出一路的所见所闻、美食美景、风土人情和心情故事，不知不觉，公众号积累了不少的粉丝或者说是志趣相投的朋友。每逢假日，他们都远程相互约定，在路程上的某一站汇合。陌生的朋友间相互邀约，谈天说地或者对人生坎坷一吐为快，因为这份陌

人生很短，
我决定活得有趣

生，彼此都倍觉轻松。第二天，赶路的继续赶路，上班的又回归原处。相比起高山大川，这也是一道看不见的心底风景。

很多人有一颗远行的心，却缺一双勇敢的脚，总被眼前的生活所束缚，即便知道这注定是一场能够让心灵充氧的旅程，还是被工作忙、要加班、生活转不开、旅行费不足所阻止。旅行在生活中的意义不是逃离，而是充氧；不是疗伤，而是自我修缮。最好的时光在路上，在你熟悉的方圆100公里之外，乐趣像一道渐变的彩虹，逐渐变得浓墨重彩。

相比起传统婚礼，越来越多的年轻人选择了旅行结婚；相比起固守田园的晚年，越来越多的老年人选择了不断旅行来丰富自己的晚年生活。因为在路上，就算停下来也显得新鲜有趣，成了一种心灵休憩。

"鼓浪屿上的琴声是出了名的怀旧。"苏C看着鲜艳的结婚证，靠在老公的肩膀上幽幽地说着。他们订好了去厦门的机票，只为去听一听那里的琴声。"下一站去张家界的玻璃栈道，你说你不恐高。"老公稍有窃喜地逗趣着。"那……我们再去一趟平遥。"苏C说："那是我们第一次相遇的地方，再去一趟算是还愿。"两个人一边计划着一边收拾着行李，这注定是一个甜蜜的不眠之夜。

七年前，在山西出差的苏C慕名来到平遥古城，在买一杯玫瑰酸奶时将遮阳帽忘在了小店，被那时正和朋友一起旅行的老公捡

Third
无论如何，你和世界要有点不一样

到，追上去还给她。苏C说："那就再麻烦你帮我拍张照片吧。"她指着"闫家巷"的寂静胡同说。男人感觉到这个女孩很有趣儿，人家都拍花鸟鱼虫、小溪人家，这个姑娘偏偏喜欢胡同。他接过苏C的手机，在高像素的镜头里捕捉到了一双爱笑的眼睛，刚刚经历失业的他心里忽略闪过一丝明媚，想起那句老套的话："上帝为你关上一扇门，却为你打开一扇窗。"你永远不知道在旅行的下一程会遇到怎样美好的风景。

然而，七年，再美好的相遇也会归于平淡，这种逐渐缺乏细节的激情消退过后，是真正考验的开始。苏C和大多数女人一样，经历着老公的晚归，偷偷泛起想要窥探老公手机的好奇心，而再度看微信里那个曾经对自己献殷勤的头像，也不是那么讨厌。他们如同大多数夫妻一样，在平淡的日子里用道德约束着自己，维系着婚姻的热度。

直到有一个"十一"长假来临，苏C说我们去旅行吧，哪怕不远，至少陌生得够新鲜！老公听了特别高兴，也积极配合，于是两个人开始查车票、转程，制定旅行攻略……从他们第一次相遇后，这是两个人第二次以旅行为目的的走出家门。他们放下工作，跳出家庭模式，将孩子托付给父母，穿上情侣装后开启了两个人的旅途。

自此之后，他们每年都会去一个地方，经费有限就去得近一点，奖金可观就走得远一些。总之，他们在旅行的时光里又看见了对方，是夫妻也是朋友，既营造亲子旅途也可以在月下做亲密的恋人……一辈子太短，一成不变未免太过单调，停在原地不如

人生很短,
我决定活得有趣

走在路上,因为最美的时光是稍纵即逝的。

从熟知走进短暂未知,在旅行中或坎坷波折,或一帆风顺……当转头回到现实生活中,原本平淡得缺乏细节的生活也因为短暂离开滋生出了情调,而未知的旅途又填补了生活的空白,给予了期待的情趣。美好是需要反衬才更显得熠熠生辉的,在现实和旅途之间的切换也印证了这个道理。在流动的旅途中找一种短暂的漂泊感,在易逝的时光里遇上一种紧迫的珍惜感,对比现实,原本不紧不慢、不咸不淡的生活也慢慢滋生出了一种加倍的安定感。

最美的时光在路上,最好的状态也源自"在路上"。

没什么的，大不了重新出发

《在路上》的歌词中唱道："那一天/我不得已上路/为不安分的心/为自尊的生存/为自我的证明/路上的辛酸已融进我的眼睛/心灵的困境已化作我的坚定/在路上/用我心灵的呼声/在路上/只为伴着我的人/在路上/是我生命的远行/在路上……"

每个人的重新出发，都有各种各样的理由，有被动的，也有主动的，有意志勃发的，也有纠结犹豫的，总之你已经踏上了新征途，那么就要有点儿不一样。

锦瑞是一家公司的高层管理者。通常在一家公司服务三年以上的，多半可以视为忠诚度较高且受到领导肯定的员工，而锦瑞一入职就是七年。她一路从基层招商员做到行政总监的位置，在这个过程中倾注了大量心血，也享有了一定的美誉，大家谈起锦瑞都说她是一个有能力、有见解的人，为人和善，工作没架子。

在外人眼里，锦瑞确实优秀，对于一个30岁出头的姑娘来说，她的人生颇为灿烂。然而，始料未及的是，因为公司的消防出了问题，一场突如其来的火灾造成了巨大的损失，虽然没有导致人员伤亡，但这场工业火灾却引来了相关部门的通报批评，锦瑞因这场事故而被撤职，一夜之间，她的职场之路陡转。

无论曾经多么风光，能力如何强，如今"跌落神坛"确实不算光彩。她离职后回到家中，心沉到了谷底。同行中有曾经看好她的，此刻却沉默了。虽然锦瑞能力出众，但是对于这起消防事故他们并不知情，也不了解内部的责任划分，从表面看来锦瑞是难辞其咎的。所以，她离职后的两三个月里，一直没有同行业里的公司聘请她。

曾经意气风发的锦瑞有些黯然神伤，她不甘于一场事故就毁了她的职业生涯和人生，更不希望自己的能力和人品因此而染上污点。

第四个月，她有些按捺不住了，主动拿起电话，给同行中曾经看好自己的企业打电话。让锦瑞没有想到的是，第一个电话就得到了意想不到的反馈，对方曾是她的合作客户，也很早就听说了那件事，客户说："锦瑞，我一直在等你和我联系，我想看看这件事对你的影响，看看你能不能放下过往，做回那个实实在在干事的自己……"显然，对方在接到锦瑞的电话后也很开心。

一个真正有能力的人，既能坦然应对未知，也能安然度过低谷，唯此才算是在人生这个大考场上及格了。而更多从高处陡然摔落的人，内心七零八碎，无法再复原。所以有太多曾经位高

Third
无论如何,你和世界要有点不一样

权重的人,一旦经受了疾风暴雨就很难再重新出发,反而怨天尤人,画地为牢。

莫要忘记,人生总会触底反弹,任何一段或好或坏的经历都会重塑你的内心,让它变得既坚固又有韧性。

哈佛大学校长到北京大学访问时,讲述过一段自己的真实经历:某年,他向学校请了三个月的假,并告知家人他要外出,但并未说明去哪里、干什么,只说每周都会向家人报平安。

他只身一人前往美国南部的农村,先是在一家农场打工。在田地里做工时,他躲开老板偷偷吸烟,还时不时地偷着与工友交谈,这么微不足道的小事也让他感到兴奋。最有趣的是,之后他又在一家餐厅找到了一份刷盘子的工作,可只做了4个小时,餐厅老板便把他叫来,给他结账,并说:"可怜的老头,你刷盘子太慢了,你被解雇了。"

就这样,这个"可怜的老头"又回到哈佛,继续在自己熟悉的工作环境内埋头苦干,可他却觉得以往再熟悉不过的东西变得新鲜又有趣了,原本看似乏味的工作"脱胎换骨",成了另一副模样。

哈佛大学校长用自己的经历告诉我们:很多时候,我们本已拥有了曾经渴望的一切,可却仍会在时间的流逝中不知满足。那么索性在厌倦时走出来,即便工作和生活让你无法抽身,也可以让精神和心灵"远行",等到再次回到原地你会发现,那个当初对诸事不满的你又"满血复活"了——这无疑是一次灵魂的重启。

曾有这样一则让人闻之心碎的新闻：合肥一位29岁的年轻妈妈携两个孩子从24楼纵身跳下，4岁的女儿和年轻妈妈当场死亡，2岁的小儿子被送到医院救治，可最终经抢救无效也离去了。

无辜的生命好不容易有了开始，可还没等到绽放就陨落了，更可悲的是他们心爱的妈妈剥夺了他们的生命。

之后年轻妈妈的遗书被曝光，众人才知道原来她的女儿患有先天耳疾，儿子还小，身体也不好，夫妻二人的生活条件并不算好，这位妈妈不得不经常向自己的母亲要钱，但这些显然不能成为她漠视生命的根由。接着人们又从她的遗书中和亲朋好友处了解到，这位年轻妈妈正经历着一段不幸的婚姻，感情不和，丈夫家暴，甚至在事发前的一段时间，两人已准备离婚。

发生之后，女方家人还没有联系到孩子们的爸爸，而这件事也被持续关注着。人们纷纷表示出对这位年轻妈妈的同情和惋惜，以及对男子的痛恨与对婚姻的反思。人们感慨，是怎样的绝望让一个年轻女子走向了这样的结局？她真的绝望到要以这样痛苦的方式把孩子们从这个五彩斑斓的世界带走吗？

我们不是当事人，自然不能完全体会她的痛苦，也深知"不知其痛苦，莫劝人大度"的道理。然而无论经历着怎样的水深火热，人生也不是只有一种选择。即使人生烂透，也还有机会重新出发，决定权掌握在你手中。何时出发，以何种方式出发，任何人都无法点醒你，你才是一切的关键。

Third
无论如何，你和世界要有点不一样

元宵夜里骑着三轮车卖糖葫芦的妈妈，两腮通红，手已生冻疮，小小的车厢里躺着已经睡着了的心爱的女儿。

一束烟花在宁静的空中炸开，小女孩从睡梦中醒了，好奇地坐起来，探望着车厢外面的一切，妈妈"数落"道："躲回车里去，卖完就回家了！"

小女孩约有五六岁的样子，奶声奶气地对妈妈说："那晚上要吃芝麻汤圆！"妈妈连连点头说好，想让女儿快点回到车厢里去。

外面的热闹喧嚣和母女俩的艰难冷清形成了鲜明的对比。

谁的生活都不容易，没人知道这个卖糖葫芦的妈妈的处境，但从她在大小节日里都坚守在小区门口卖糖葫芦的举动中看得出，她足够坚强。她不曾选择停下，只是一心地小心翼翼地照顾着女儿。

这个世界上有数不尽"不容易"的妈妈，她们的数量和经受的苦难一定远超我们的想象，然而即便如此，她们中的大多数还是坚强地选择了"重新出发"，因为生命向上的张力在召唤她们——这一定不是最后的结局。

选择用正确的方式转换痛苦，主动与生活中所有的有趣相遇，艰难，终究会淡出生活，人生，终究会熠熠发光。

做个识趣的人，才最有趣

识趣，是一个人自省自觉的体现。

生活中，人们往往因生活环境、教育程度、个人性格，以及自己所处的社会地位，渐渐形成了"识趣的情商"，它能够让人本能地区分开在生活中所遇见的层次，比如理性地自我定位，看到交往中存在的悬殊，把握相处的尺度，调整自己在群体中的姿态。

有个叫巴特鲁的英国人，脾气特别暴躁，他自己知道这是个缺点，却很难改掉，于是想了一个办法，只要一生气就立刻跑回家，绕着自家小院里的房子跑上三圈。一次，他生气了，便赶忙跑回家，一圈、两圈、三圈地跑下来。之后他喝上一碗水，再次平静地出门去了。

邻居见了很奇怪，日子久了，忍不住问他：这是什么意思，

Third
无论如何，你和世界要有点不一样

有什么秘密吗？

巴特鲁说："我一边跑就一边想，我的房子这么小，院子也这么小，哪有时间和精力去和别人生气呢？还不赶紧做好自己的事情。一这样想，我的气就渐渐消了，气一消，我就有更多的时间和精力去干活了。"

这个方法对巴特鲁很有用，而亲朋好友也眼看着他把自己的家"变"得越来越大。房子变大了，院子也扩大了，有他梦寐以求的小花园，他还养了一条秋田犬。此时的巴特鲁子孙满堂，头发也已经花白。

年纪越来越大的巴鲁特，一旦生气还是会绕着自己的房子和院子跑。亲朋好友都说这是他年轻时候的习惯，可能一时改不过来。直到有一天，他拄着拐杖也要坚持绕着院子跑，一直跑到太阳下山还在坚持。儿子来劝他不要跑了，坐下来歇歇，可倔强的他不但不听，还让儿子不要打扰他，儿子只好让孙子去规劝并询问："爷爷，你现在年纪这么大了，又已经这么有钱了，为什么还要这样做呢？"

巴特鲁终于停下来，笑着对孙子说："爷爷我刚才一边跑一边想：我房子这么大了，土地这么多了，我又何必再去跟人家计较呢？想到这些我的气也就没了。"

人贵在自知，贵在识趣。巴特鲁在"前半程"的跑步过程中，很识趣地意识到自己还欠缺太多，根本没有多余的时间浪费，去和别人计较；而在"后半程"的跑步中，意识到的是自己已经拥有很多了，何苦要与别人计较呢？识趣的巴特鲁慢慢地修炼了自己的格局，让自己变得更快乐，也解脱了自己。

识趣，也是人际交往过程中相互尊重的表现。无论是你的上司、同事或者亲朋好友，在与他们交往时也要把握好尺度，要认识到对方的境遇和现况，懂得适可而止，更要理性地看待无声的拒绝和不情愿。有时，识趣的转身既尊重了对方，也保全了自己的尊严。

顺其自然的交际会让彼此感到更舒服，也就避免了交往中的不适和尴尬。否则，就会自讨没趣儿。凡事留有余地，识趣、知趣，你的人生才会有趣！

新开业的商超规模大、品种全、价格优，小区里的居民都很高兴，毕竟这也算是一个惠民的配套设施。商超开业期间大搞优惠促销，可谓是人山人海，创造了一波又一波的销售小高潮。商超经理巡查时也笑得合不拢嘴，对来往的顾客频频点头示意。

一位妈妈带着儿子在糖果摊位前挑糖果，店家正热情地招呼着，但这位妈妈却有些不太满意："你这糖是新鲜的吗？糖纸上面还有灰呢，一看就是杂牌子啊！"

店家急忙解释："你好，女士，现在是春天，春风带起了点薄薄的灰尘，但日期都是新鲜的。"说着，拿过购物袋帮忙挑选。

而这位妈妈马上捂住购物袋："你别挑，我自己来，你们挑的我还不知道嘛，专门挑个头小、灰尘多的！"

Third
无论如何,你和世界要有点不一样

　　店家有些无奈,但想到商超刚开业,自己的小摊也刚营业,还是要好好招待顾客。一旁的商经超理把这一切看在眼里,他主动送给这位妈妈5元代金券,告诉她为了答谢新顾客捧场,代金券可以全场通用。这位妈妈高兴地接过来,一把一把地往购物袋里塞糖。

　　几天之后,商超的生意依旧很好,人们对里面售卖的品类还算满意。但有那么一个声音在人群中显得格外刺耳:"这橘子一点都不好,还卖这么贵!"

　　商超经理循声望去,身影有些熟悉,仔细回忆一下,想起来她正是几天前在这里买糖的妈妈,他一边向水果摊位走去,一边听她碎碎念:"不新鲜,个头也不大,一点也不好!"

　　"咱们的橘子都是昨天晚上才到的,都新鲜着呢!"商超经理弯着腰赔笑道。可这位妈妈并不买账,拿起一个橘子捏了捏:"还空着呢,新鲜什么呀,别的超市比你们这便宜多了!"

　　商超经理连忙接过橘子剥开来:"您看看,这不是空的!"一边说着一边将剥开的新鲜橘子递给这位妈妈品尝。

　　她没有吃,而是一边装橘子一边仍然碎碎念,"不好"这个词不住地从她嘴里出现。直到称重完毕,她将那个剥好了的橘子放进了自己的购物袋中,冲着商超经理问:"代金券没有了吗?"

　　为了让顾客满意,商超经理再次送了她一张5元代金券。

　　同一天晚上,这位妈妈再次出现在店里买羊肉,发生了与前两次一样的一幕:她在和店家争执羊肉的斤两问题,商超经理走过来，对摊主说："把钱退给顾客。"然后转过头来对这位妈妈说："不好意思，我们卖不出你满意的货，请到别的店去买吧！"一边说着，一边接过摊主退回来的钱递到这位妈妈手中。

这位妈妈的脸面有些挂不住了："你们居然还拒绝顾客！"

"不好意思！"说完，商超经理转身离去，他觉得服务顾客是天经地义的，但服务一个刻意挑剔的顾客则毫无价值。

这位妈妈气急败坏，在业主群里大肆宣扬："楼上商超菜不新鲜，服务不好，价格还高，都不要去了！"一连三天，都没有停过。

一位老人家发了一条语音："你觉得不好，我们觉得挺好，不好你就不在他们那里买就是了，但不要在公共群里浪费大家的流量！"

这位妈妈灰溜溜地没了声响，而目睹这一切的还有她6岁的儿子，她每月所支付的高昂的特长班费用，也比不过这一堂生动的教育课——不识趣、不知趣的人，真无趣！

识趣也是保护自己不受伤害的一种处理问题的方式，在该退时不退反进，往往会自讨没趣，甚至会自取其辱，如同小丑一般。与其如此，不妨多点淡然，少点虚荣，活得真实自在也是对自己的一种犒赏。

生命的智慧就在于平和，在于淡泊。做人要知趣，处事要识趣，才能由内而外地活得体面而有情致。

有趣无关年龄，无趣无关身份

小五笑着说，他和妈妈只能是亲人，很难做成朋友，正在夹羊肉的爸爸在对面连连点头深表理解和赞同。这个父亲节，因为妈妈的临时缺席，主题变成了父女俩对妈妈的"吐槽大会"。

小五出生在5月，今年已经28岁，出落成了亭亭玉立的大姑娘。在父亲眼里，女儿是那么完美。爸爸说："我的小五是一个活得有趣的女孩子。你妈说你买的花一旦过期就花粉乱飞，你可别听她的，爸给你出买花钱。"坐在对面的小五忍不住咯咯笑起来。

小五是个喜欢花的姑娘，家里从绿箩、君子兰、茉莉、米兰再到多肉，大大小小二十几盆，更重要的是，她的喜好直接落实到了行动上。她认真地做了养花功课，记住每一种花的生长习性和浇灌周期，从早市买来新鲜的花土和养料化肥，她会戴上手套一盆一盆将花土翻新，清理掉花盆里的杂草，施肥，然后喂它们喝饱水。她坚信露养的花更健康美丽,于是瞄准天气预报,把盆栽搬下16楼。她身披雨衣,脚穿雨鞋,戴着隔离手套忙得不亦乐乎,爸爸说:"我的小五忙起来比雨后彩虹还要好看。"

小五喜欢花,喜欢香气幽幽的百合插瓶。微信圈里看到花店有特价百合出售,她没来得及问花店的地址就转款过去,约定好晚上自取,一问地址才知道距家有20多公里。那个时间正好是车流高峰期,店家也很通情达理,主动给小五退款,告诉她以后路过再光顾不迟。

小五准备用来插花的花瓶晶莹剔透,取不成百合,她忽然想起小区前几天长出的小黄花看着讨人喜欢,当时没舍得摘,第二天却被物业的除草机割了,不见了踪影,后悔自己怎么没"有花堪折直须折"。这样想着,她望望楼下,下了楼。

走在小区里,她四下寻找从割草机下成功逃脱的小花们,楼隅、墙角、拐弯处……不负所望,她收获了一大把小黄花。满意地回到家中,她操起剪刀学着花店姑娘的模样修剪起枝干来,虽是平凡,却别有姿色。

小黄花插到瓶里后放在了一进门的玄关处,晚上爸爸下班回来,一眼就看到了,他知道这肯定是女儿的杰作,换好鞋子闻一闻,拍张照片发个朋友圈。是的,爸爸虽然年过五十,但看起来十分年轻,他是那种能和女儿跳舞录视频的人,用爸爸的话说:生活太枯燥了,但女儿让许多无聊的日子都变得小有格调,他乐意配合,也乐在其中。

Third
无论如何,你和世界要有点不一样

妈妈是个务实的人,厨房里摆了一只女儿水养的小红薯,已经开始长须发芽了,她将小红薯从透明的玻璃瓶里拿出来洗刷干净,随着电饭煲里的米饭一起煮了,晚饭时她教育女儿:"别一天看到星星就是月亮,红薯多少钱一斤你不买菜不知道,那么泡下去很可能就坏掉了!"妈妈的语气虽然严肃但并不讨厌,女儿无奈地捂起半个脑袋,对面的爸爸忍俊不禁,也没吭声,他们已经对妈妈这个情调破坏高手习以为常了。

女儿的小黄花插瓶,看起来美得很,妈妈一边擦着灰尘一边唠叨:"这花现在看着好,没过两天就满屋飞小白絮,沾到沙发上很难清理,要是碰到皮肤上,会发红过敏也说不定。"小五一边合上电脑一边小跑过来,将花瓶移到了自己的房间。

家里因为翻新花土腾挪花盆,空出了三个多余的花盆,小五打算周末再分养几盆,结果还没等她开始行动,妈妈便说太挤占地方,转手送了邻居。张阿姨来拿花盆时,妈妈喊小五帮忙。小五内心不情愿,但表面还在配合着。送走了张阿姨,小五和妈妈小声嘀咕:"其实我买的花盆都挺贵的,还想分养几盆君子兰呢!"

"一个品种有一盆就够啊,养那么多占地方。"妈妈穿着家庭工装——大围裙,但"家庭权威"的形象丝毫没受影响,她顺势转移话题问小五:"问问你爸回不回来吃饭,我要做晚饭了。"小五的思路需要一路小跑才跟得上妈妈的节奏:"好,那吃什么?"她一边去拿手机一边问。"随便炒两个菜就行了

人生很短，
我决定活得有趣

呗，还想吃山珍海味啊？"小五找到了电话却没有拨通，她和妈妈友好地沟通："做饭很辛苦，吃饭需要氛围，明明已经付出了，但你每次都加一个'行了呗'，给吃饭的人感觉像是被随意敷衍，我和我爸还好，要是有客人在，还以为我们家不热情，妈，商量一下，能把那句'行了呗'拿掉吗？山珍海味没有的话咱就不说，好不好？"妈妈回头看看小五："放个假把你闲成这样，有时间多和外界交交朋友，你同学小露已经生二胎了你不知道吗？……"小五本来是十分认真地和妈妈沟通，因为这种说话的方式几乎已经成了妈妈的习惯，她和爸爸每次问吃什么，都感觉像是随意、偶然的一顿饭，这种情绪上的消极直接影响用餐氛围和食欲。可是，没想到她不说还好，尝试沟通非但没有解决问题，又连带自己被催婚，小五悄悄地溜回了房间。

爸爸曾开玩笑说，如果没有小五这个女儿，不知道和妈妈的婚姻能维持多久。如果没有小五这样有趣的女儿，可能有更多时候会出差在外。因为妻子实在是一个缺少生活情趣的人。他喜欢看《环球时报》，直到现在网络如此发达，也依然喜欢读报纸，而且他喜欢收藏报纸上有趣的事儿，经常剪下来收在册子里，可是妻子会用他的报纸垫热盘子、收茶几上的花生壳……他实在无可奈何。小五回到房间拿出两本精致的集报册递给爸爸："现在那本剪报就快贴满了，我给你买了两本，这下平衡了吧？"

这个男人的生活中，有一个"有趣"的女儿和一个"无趣"的妻子，他的生活刚好被两个女人拉回水平线，但有多少人的生

Third
无论如何，你和世界要有点不一样

活却面临严重失衡？

我们身边总会有优秀的女人，她在职场上似乎无可挑剔，生活上也井井有条，可却从来不被我们的内心所亲近，也不会让人觉得她活得足够精彩，她的内心总少了一丝烟火气，也缺乏灵魂的香味。

A医院的服务台总是隔三岔五摆着一束鲜花，透明的花瓶没有过多的精致花纹，瓶中的满天星、向阳花、小雏菊……格外灵动，在人来人往的医院中，显出一份岁月静好。

再次路过服务台，主任终于被一束风信子吸引了注意力。但是他特别纳闷：科里的费用支出从来就没有签过这笔单子，也从来没有要求行政部做这件事，怎么老是看到鲜花呢？

"谁买的花啊？"主任问服务台值班的护士，姑娘不好意思地笑了："是我，主任。"

"哦……难道我们小佳同学一直能收到鲜花？"主任开起了玩笑，但更想一探究竟。

"我路过早市总能遇到卖花的，就随手买了，我想放在这里，来往的患者和家属看着也感觉温馨点……"护士小佳说话的声音越来越小，因为她不确定这个举动在旁人看来算不算"穷讲究"，毕竟她一个实习护士的工资还不足3000元。

主任有些意外，他确实没有想到小佳对生活能有这份情趣，毕竟和同龄人比起来，大家更愿意刷刷抖音、追追剧；或者拿到工资恨不得算计着花，真要有一份闲钱，也可能会去吃心仪的美味……这一把把小花着实耀眼。

　　主任是院里最年轻的科级领导，39岁还单身的他突然觉得胸腔一热，似乎遇到了梦想中的女孩。她身份不高，工资微薄，却是一个有趣的人，拥有有趣的思想，过着有趣的生活。

　　就像电视剧里面的"狗血桥段"一样，一段缘分就此开始。一年后，两人的感情修成正果，虽然主任比小佳大了十几岁，但是小佳却难掩幸福的姿态，同事们来参加两人的答谢宴，两人被起哄讲起当初的恋爱经历，大家才知道，吸引他们彼此的，恰恰是一份与众不同的情趣。

　　主任笑着对同事说："谁能想到，还在实习期的小姑娘就有这份雅趣，生活需要点啥？不就是不管位置高了低了，年龄大了小了，只要有态度，才能有Feel嘛！"同事们羡慕不已，纷纷说主任好福气，娶了这么有内涵的老婆。而小佳也知道，工作之外的主任兴趣爱好广泛，就连厨房的烟机上都贴满了自己给自己的早间问候语，谁说成熟稳重的中年男人不能有纯真的一面？

　　一辈子很短，要和有趣的人相伴，做有趣的事，才不会让光阴变得枯燥无聊。就像心理学大师罗杰斯所说的那样，人生最重要的是拥有制造快乐的能力。

　　如果可以的话，要去做能让自己全身心投入的事情。在这之前，要学会静下心思考：什么才能让自己真正快乐？从做一件让自己快乐的事情开始，哪怕它细小到微不足道，但给你带来的

Third
无论如何,你和世界要有点不一样

趣味感没有大小之分,慢慢地,你会发现自己热爱的事情越来越多,而这些有趣的感受会在心中不断地发酵,直到释放出能量。

生活的美妙滋味并不需要你费力地踮起脚尖辛苦寻找,它往往就在我们周围,可能是角落里遗忘的老照片,也可能是一本书中的某句话,又或者是爸妈的几句嘱咐、儿女的一次撒娇……无论这种滋味承托何种载体,只要你的灵魂有趣,就能时时体味。

当我们的内心被某种趣味满足时,一定记得定格此刻的感受,并毫不吝惜地给自己点一个赞,赞自己有感知情趣的能力,赞自己有能力通过创造获得这种趣味,也要试着去享受这个过程,说不定会收获很多小确幸。

做最可口的饭菜，讨好最忙碌的自己

Aily住10楼，闺蜜住12楼。闺蜜一直驻北京出差，因为彼此的关系，闺蜜看好了楼盘，但交首付款等各种手续，都是由Aily全权代劳。直到房子到了装修这一环节，她才第一次来到自己的家。两个女人，十年闺蜜，一个离婚后单身，一个在婚姻中和先生常年两地，于是楼上楼下开启了属于这两个女人的时光。

Aily在生活中属于"低能"，她不会做饭，不太会做家务，但是闺蜜是一个"能文能武"的女人，在职场上雷厉风行，在生活中温柔贤惠，闲暇之余会做自己喜欢吃的菜，叫上Aily或者其他几个朋友。下厨这种在Aily眼里实在乏味的事儿，到了闺蜜那里，是可以哼着小曲端盘子的。

每天下班后，Aily若是没有其他安排就会去楼上闺蜜家蹭饭，或者买上自己喜欢吃的食材，交给闺蜜摆弄。闺蜜的厨房

Third
无论如何，你和世界要有点不一样

里，大大小小的瓶瓶罐罐各在其位，排列得十分整齐。切菜的案板是幽蓝色的陶瓷料，窗台上摆着一盆水养绿箩，里面布满了五颜六色的小石头，干净剔透。闺蜜正在饶有兴致地搅拌着碗里的鸡蛋，Aily悠闲地靠在厨房门口，吃着茶几上的哈密瓜，她调侃道："能把厨房过成诗，能把木须柿子装饰出料理的仪式感，非你莫属了吧？"闺蜜咯咯地笑起来："做饭这条路上乐趣可多着呢！可你没缘分啊！"正说着，放下搅拌好的鸡蛋液，耐心地切起西红柿。一个简单的家常小炒，她备料备得饶有趣味，食材放进锅里的时候，"滋啦"一声，听起来却是那般悦耳。

炉灶上的炒锅是托朋友特意从国外代购回来的，Aily当时觉得闺蜜思想奇葩：给你推荐这个代购是买香水、护肤品的，你倒不嫌麻烦买起锅来？闺蜜"呛"道："做饭的乐趣你不懂啊！"十分钟不到，闺蜜端着青花瓷的盘子从厨房走出来，满屋子飘香的木须柿子可以上桌了。Aily虽然不会做，但是对于品鉴食物绝不含糊，她拈起两个指尖儿，拿起一块鸡蛋，软糯油润，放进嘴里嚼出了满足感，一边吹着食物的热气一边对闺蜜竖起大拇指："大厨级别啊！"闺蜜被赞得满脸笑意，转身又溜进厨房，还有三菜一汤没有上齐。

虽然是家常便饭，但闺蜜是一个讲求仪式感的人，就算自己用餐，也要有模有样，菜量可少但菜品要多，盛菜能用盘子绝不用碗，能用成套的青花瓷，绝不去淘花花绿绿的劣质餐具，就算只是用来盛装榨菜，她也要用一个超迷你小砂碗。总之，闺蜜的餐桌上，菜肴色彩一应俱全，餐具更是别具匠心，她说工作已经够紧张了，一定要在饭菜上犒劳自己，这样吃起饭来才会洋溢着幸福感。

Aily不觉得这种居家情调能带给自己乐趣，要是换自己操持厨房一定是苦不堪言，直到楼上闺蜜因为家庭变故不得不离开这个城市，留下了Aily独自生活。她开始了日渐浓烈的怀念，想起那段有闺蜜做晚饭的日子，四菜一汤，好奢侈的光景，可这一切都成了回忆。

生活里不再有闺蜜的厨房，相反被各种App点餐所取代，只要不出去应酬，就只能回家点外卖，再不得见闺蜜漂亮的厨房，也不能再调侃"神级大厨"，见不到饭桌上的青花瓷，也品不到色香味俱全的家常小炒。Aily忽然觉得生活里少了点什么，绝不是一顿饭那么简单，而是附着在它身上的关于乐趣的细枝末节，全都一起从生活里溜走了。

人们都说熟悉的地方没有风景，人性使然，对于已经拥有的平凡时光常常自觉倦怠，对于随手可雕琢的美好时光不屑一顾，甚至产生一种负担心理。做饭是为了填饱肚子，洗衣是为了洗去灰尘，睡觉是为了驱赶疲劳，我们当然要承认这确实是日常琐事的原始目的，却不是生活的意义所在。我们可以在一顿饭中更加欢乐地拿起碗筷，享受其中；我们也可以选择自己喜欢的洗衣液，让香味留在衣物之上；我们还可以装修自己的小家，用满足和微笑来定格睡前的最后一个表情，只要你愿意投入其中，乐趣便会在不知不觉中发酵。

Third
无论如何，你和世界要有点不一样

梅子问妈妈中午吃点什么，老太太习惯性的话语总是："随便吃一口得了。"虽然已经反复沟通过多次，梅子和妈妈说，这样的表达听起来像是在对付着生活，任何好饭菜都少了点滋味儿，但老人家还是难以改掉这个习惯。

妈妈会说："煮个清汤面对付一下得了。"梅子假装生气，撅起嘴"不满"老人家："我今天做个不对付的清汤面。"她钻进厨房烧水，为两碗清汤面备料，菠菜、西红柿、鸡蛋……配菜样样不少，出了锅的面条里又滴上两滴麻油。一时忙不开，她叫妈妈过来帮忙准备两只碗盛面，老太太动作麻利，拉开碗橱拿了一大一小两个便当盒，可这显然不是梅子想要的。她放下手上的面条锅，自己找出了两只透明的玻璃碗，分装均匀，最后在上面撒了一点黑芝麻。

妈妈话里有话般地称赞着："非要摆个造型才满意！"一边说着，一边拿起刚学会摆弄的智能手机，拍起照片来："给你爸发过去，馋馋他！"看得出来，这碗"秀色可餐"的面条，还是很让老太太满意的。

同样是面条，在力所能及的范围内为什么不做得好看一些？自己吃着舒服，看着也开心。

生活里的仪式感和趣味，并不是要具备一定的物质条件才有可能实现，相反，越平凡的事物越要塑造出仪式感，找出乐趣。不是只有四菜一汤才色香味俱全，一碗清汤面也一样可以让人食

**人生很短，
我决定活得有趣**

指大动；不是只有特色餐馆才做得出你想要的味道，家中的厨房也是一片天地；不是只有座无虚席时才需要丰盛的晚餐，一个人的时光更需要可口的饭菜，重要的是你拥有发现美的心情，带着乐趣投入其中。

就连最普通的一日三餐中也有不少可挖掘的趣味，选材选料、制作烹饪、精致造型、用心品尝，哪一个环节都值得投入细腻的情感，因为生活是一场"蝴蝶效应"，你给予它的认真，一定会在若干时光后得到回馈。

做一个能挣钱养家，也能貌美如花的人

时代的变迁刷新了女性的传统定位，一个有魅力、有趣味的女性，已经不单单局限于贤妻、好妈妈、职场精英一类的标签了，受人欢迎的女性应该是多重美感叠加、魅力四射、相处起来令人愉悦的女性，既有挣钱的能力，也能兼顾家庭，最重要的是她并未迷失自我。

舒夏的产假还没有休满，就回归了工作岗位。儿子刚过百天，会议上提到辖区会议需要出差，领导建议舒夏安排别人去，她当即表达出了自己的意见，说："这次会议到场的意向客户比较多，推广环节还是我来做。"领导担心她过度劳累又照顾不到孩子，这样会引起家属不满，继而不支持工作带来不必要的麻烦，但舒夏一脸明媚的笑容："领导放心，我能沟通好家里，也能给自己充好电。"看着她自信满满的样子，领导点头。

舒夏是和企业一同成长起来的，七年的时间不短，可也只是她努力工作的缩影。凭借着积极的工作态度，她一路晋升到销售A组总监，家里换了140平方米的大房子，老公一半认真一半开玩笑地说："娶了她等于买准了潜力股。"

舒夏在工作上精明能干，身兼数职，在圈内是出了名的"拼命三娘"。当她风风火火穿梭于车站和机场，辗转于酒店和会场时，朋友和同事偶尔会叫她"女汉子"。每当这时，她都会连连摆手，拒接这个"美誉"，然后含情脉脉地说道："我是小女子。"

舒夏并没有开玩笑，每个人的身边都不缺少"女汉子"，职场"白骨精"随处可见，"生如夏花"的美人也屡见不鲜，但是舒夏是属于智慧与美貌兼顾的女人。她的美不是直白的网红脸，也不是浮夸的所谓性感，而是一股恰到好处的女人味。在办公室女同事还睡眼惺忪的时候，她已经一边洗漱一边在卫生间听着音乐，为此她特意买了个品牌迷你音箱，抒情的、励志的、轻快的……她美好的一天就从这些音符开始。无论一天的工作是忙碌还是轻松，她都会化好精致的妆，从容面对一切。

能够把妆容画得美丽而精致不只需要技术，还需要"情商"。如果要去拜访的客户是一位职场女性精英，她就会倾向商务一点的妆容，涂橙色或偏淡的口红，选择并不强势但一定会避免妩媚风格的衣服，告别8 cm以上的高跟鞋，因为她懂得成全对手的优越感，又不能让对方轻视自己，毕竟也代表着公司形

Third
无论如何，你和世界要有点不一样

象，也是职场魅力女性。如果安排团建，她就会改化淡妆，衣着休闲，戴上棒球帽，一改往日相对正式和商务的形象，以便能更好地融入团队。倘若是随老板出行接待客户来访，她的打扮则相对高调一些，毕竟这代表着公司的形象，也是留给客户的第一印象。这时的她，大方得体中表现出对对方足够的重视，她会化精致的妆，穿风格偏OL的衣服，且绝不是严肃严谨的职业装，也不会过于时尚有失稳重……通过这一点一滴，所有同事都觉得舒夏是个很会爱自己的女人。她的皮肤状态好、衣品出众，偏偏又在工作中态度积极，一路晋升，令众人称赞的同时，也让人由衷地钦佩和欣赏。最重要的是，舒夏也乐在其中，这些别人最常给她贴的标签都是她最初就想要的，而不是被动接受的，甚至是主动引导别人给予的。

我们身边司空见惯的职场精英穿梭在各种严肃的场合之中，身着中规中矩的职业装，面无表情地参加各种会议，沾不得口红、喝不了小酒、闻不惯香水……他们的高职薪金贡献给了家庭和孩子，却没有学会取悦自己，所有的一切几乎都是以消耗自我为代价的。然而，当你本身失去色彩，你的生活轨迹就会暗淡下来，除了给予家人必要的物质，却供给不了必需的精神养分，自己也就难以获得同样的滋润，久而久之，倍感生活枯燥，了无情趣。

而有趣的女人，大多都是美丽的，美丽的女人则又更具趣味、更受关注，这像是一种难以割裂的因果关系。其中的

人生很短，
我决定活得有趣

"趣"，需要一定的平台条件给予支撑才能显现出来。

然耳33岁时遇到了她苦苦等待的真爱，因为这份爱来得有些晚，所以她倍加珍惜，这份爱也因此变得更加浓烈。她辞去HR总监的职位，做起了全职太太，她说前半生留给工作，后半生想留给生活。

两个人是在工作的平台中相识的，相识第58天就去民政局领了结婚证，一场期待的婚礼如期而至。老公是个懂得欣赏美的人，从他在婚礼细节的布置中就看得出来。宾客的伴手礼选择的是香水，男士女士各有不同款式和味道，看得出他是一个浪漫的人。

婚后的生活甜蜜美好，然耳养了大大小小几十盆绿植，也终于有时间操练自己喜欢的瑜伽，从不进厨房的她更是开始学着煲各种汤，按照菜谱做些菜肴，生活开始规律地三菜一汤，相夫向夫。

只是，随着蜜月期的结束，迎来的却是老公频繁的应酬。他好像慢慢地有越来越多的朋友需要招待，有更多的客户需要安排，也越来越少有空按时回家吃饭。恋爱时那股浓烈不知怎么的就降了温，不然老公回来拥抱她的时间怎么越来越短？KISS也是蜻蜓点水，像极了应付，就连夫妻生活也逐渐减少。然耳想不通，毕竟结婚才一年。实在忍不住的她终于开口问："到底怎么了？究竟为什么？"

老公是一个坦诚的人，到了这个年龄，不屑于伪装求稳，毕

Third
无论如何，你和世界要有点不一样

竟都是追求感觉的两个人。"也没有具体原因，就是每天都知道你在家做什么，很多当初浓烈的感觉自然而然地就变淡了，并没有刻意。"

然耳内心是失落的。尽管她打算把全部精力都倾注在家庭上，但令她意外的是，家庭好像并不需要一个全职太太，至少老公在这其中迷茫了，甚至走向了另一条路。当初相遇时发言台上那个光芒四射的自己，如今即便换上性感内衣，也并不一定魅力十足。女人如果长时间只做花瓶，就会在"稳"中失色，除了给对方带来短暂的新鲜感，给身边的人一时光鲜亮丽的认知，并不具备长久的吸引力。然耳终于相信，对于女人来说，挣钱和美貌如同天平上的砝码，缺失哪一边都注定失衡。

新时代女性懂得取悦自己是最大的收获，这没有错，但这种取悦需要绝对的自信和超然的态度，在自我物质得到满足的基础上，才能够极力修饰好看的皮囊，打造有趣的灵魂。

生活多面才有趣，希望你既能挣钱养家又能貌美如花，既能朝九晚五又能浪迹天涯。

Fourth

不将就，才能把日子过成诗

让365天的节日变得有趣

你若盛开，蝴蝶自来。

人们总是不断对生活、对他人抱有期望，希望生活和他人能为自己带来点点星光，却忽略了日子原本"披着露珠，散发清香"的时刻。

在人生路上，所谓的小确幸大概就是在时间河流之中闪烁的灯塔，航行之中的疲惫和不安靠着这些灯塔才能得到舒缓。所以，为每一个普通的日子做下标记，体会它背后的精神内涵是非常必要的。这不是做给其他人看的，恰恰是做给自己的岁月标本，所属权永远保留在自己的内心，那是你营造出的美好状态。

人生很短，请取悦自己。

芬芳女人半边天——3月8日妇女节

随着时代的发展和社会的进步，女性的价值得到了越来越多的肯定,"相夫教子"只是一种生活状态,但不是社会对女性的强制要求,"全职妈妈"也被认为是一种职业,透出整个社会对女性的肯定和尊重。因此,独属于女性的"三八妇女节",可以说是带着某种"使命"的。

这一年的"女人节",不少公司都给女性员工放了特殊的半日假,在这一天,女性朋友出入大小商场柜台,都极有可能收到一朵鲜花。唐秋就是其中的一员,她手拿一朵玫瑰离开了收银台,女儿问她:"妈妈,今天你过生日吗?"

唐秋笑着回答:"今天是女人节,是社会对妈妈的肯定哦!"

"那就是所有人为你过的节日?"

唐秋一边提着给奶奶和姥姥买的礼物,一边幸福地听着女儿天真的猜想,忍不住笑出了声:"对,是所有人!也要给奶奶和姥姥过,只要是女生都会过,你长大了也可以过!"

"做女生真好啊!妈妈,我也是女生!"女儿看起来特别高兴。

唐秋回到家中,准备了八菜一汤,丰富的晚餐香气四溢,将屋子里的温馨氛围烘托到了极致。丈夫下班回来,手捧一大束玫瑰送给了唐秋:"今天餐后厨房全包在我身上!"

唐秋从来没有想过,"妇女节"能发展到今天这种样子,女性可以被重视到这种程度,不论从整个社会上,还是公司或者家里,真的如女儿所说,所有女人都集体过了一个生日,这让她的内心很暖。

Fourth
不将就，才能把日子过成诗

团团圆圆——正月十五元宵节

2021年的元宵节，比每一年都要热闹，疫情严控过后，人们太需要一场"狂欢"了。县城里的大街小巷也是热闹无比，暂时封闭道路，只为元宵节的烟花盛宴，人们似乎从来没有这样开心过。

烟花在夜空中炸开，漫天飞舞，异常美丽。佟一指着窗外说："宝宝快来看，烟花！"

刚满2岁的小宝宝正专注地吃着汤圆，被爸爸兴奋的叫声吸引过去。妈妈轻声"责怪"："你看看，等她吃完啊！"

姥姥在一旁夹着饺子："宝宝，饺子可真好吃啊！"

正在窗前给烟花拍照片的姥爷回过头来对姥姥说："让她一样一样吃，省得不消化！"

"都收拾完下楼遛两圈儿，带着宝宝百步走喽！"说着爸爸朝孩子的脸蛋亲了一口。

电视机里的元宵晚会特别热闹，当红小生花旦们齐聚，老戏骨也重现荧屏……好一个元宵节，中国的传统佳节，映射在这一家一户的琐碎片段中，热气腾腾。

传统情人节——七月初七鹊桥会

热恋中的男女每一天都在过情人节，慢慢地，上了岁数的老夫老妻也被感染了——谁说只有年轻人才能过情人节？

不知从什么时候开始，"七月初七"走进了情侣们的日历表，这一天是中国情人节，仿佛是中国情侣们的一次集体爱情纪念日。

鲜花、美食和礼物，样样不能少，这样的情人节才够浪漫，才够有趣。

素云说："你不请我看个电影吗？"正在开车的老公突然有点不自然起来："老夫老妻了，太洋气了不好！"

"谁说洋气了？这是中国传统情人节！"素云不屑地"科普"着。

两人结婚33年，儿女已经成家，两人相依为伴，是真正的老夫老妻了。可是谁说老夫老妻不能有些情趣呢？说看就看，素云赶了把潮流，在网上订了两张电影票。

"看电影之前要先吃饭，今晚吃水煮鱼吧！"素云欢喜地说。

老公回过头来看她，开起了玩笑："说起吃，看你这个劲儿！行，就水煮鱼。"尽管含蓄型的老公不爱表达，但脸上的笑容仍然掩饰不住。

素云今天的话特别多，无非是工作单位和孩子们的话题，但心境不同，两人今天的晚餐也格外有滋味。

结账后，老公突然来了心情："不是情人节吗？走，挑项链去！"

素云咯咯地笑起来："我有项链啊，但你要送我的话，我也不会拒绝！"素云在店里挑选了一条精致又素雅的项链，戴起来很好看。老公看着素云，觉得她今天似乎变年轻了。

电影院里，素云戴着新收到的礼物拍照发给孩子们，还拽着

Fourth
不将就，才能把日子过成诗

老公合影比"耶"，平日里少有情趣的老公也十分配合。家族群里的其他成员看到过节的夫妻俩，都纷纷送出了祝福。

曾经，情人节是年轻人的专利，中老年人总是少了些激情与浪漫，他们的爱情变得不像年轻时那样轰轰烈烈了，毕竟抚育儿女的辛劳替代了恋爱中的花前月下。然而如今时代在变，享受爱情也不再受年龄的限制了。

2014年的情人节，一则阿爹送花的故事钻进了有情人的心里。四川省南充市南部县某村103岁的吴从汉老人，将代表自己心意的"一束花"送给105岁的妻子吴宋氏。这束花很特别，是用菠菜、西兰花、红萝卜、小红橘和90粒豌豆组成的。

老人家说，90粒豌豆代表两人90周年结婚纪念日，他很想给老伴过一个情人节。一时间，这对百岁夫妻羡煞大江南北的情侣。

心中有爱的人从不在意年龄，哪怕是最平凡的日子也会被他们赋予独特的意义。

表达爱意的方式多种多样，包包、香水、口红、戒指……一件小首饰，一束鲜花，只要饱含浓情蜜意，对方便会惊喜万分。

附：让情趣点亮生活

【1月】

1月1日　元旦

寄送贺年卡：这是一个在现代社会让人颇有谈资的传统祝福

方式。

　　看跨年晚会：近几年来，各大卫视逐渐重视跨年晚会，争相打造一场视听上的饕餮盛宴。

　　包饺子：如果没有安排其他形式的聚会，请包上一顿美味的饺子。

【2月】

2月14日　情人节

　　随着人们逐渐注重精神生活，"情人节"不再是年轻男女的专利，很多中老年人也会加入其中感受甜蜜——鲜花、礼物、美食、电影是"标配"。

【3月】

3月8日　国际妇女节

　　饶有情趣的芬芳女人节，这一天请美丽的女士拿出稳稳的公主范，允许家人和自己加倍讨自己的欢心。

3月12日　中国植树节

　　条件允许的情况下，请参与植树，有宝宝的家庭请带着孩子一起做这项有意义的活动。

3月14日　国际警察日（节）

　　如果有家人或朋友是警察，请在这一天为他（她）送出祝福和感谢。

3月15日　国际消费者权益日

Fourth
不将就，才能把日子过成诗

观看3·15晚会，盘点自己的日常用品是否被点名曝光，确保安全。

3月16日　"手拉手情系贫困小伙伴"全国统一行动日

如果条件允许，请寄出干净的旧衣物，用任何形式献上自己的一份爱心，有宝宝的家庭请带着孩子一起去做。

3月最后一个星期一　全国中小学生安全教育日

请认真给孩子普及安全教育并进行家庭演练。

【4月】

4月1日　国际愚人节

保持警惕不被"愚"，一旦被"愚"也请宽容地接纳。与家人友人开心地互动，但如果面对关系不是太亲密的同事或朋友及领导、客户等，建议不开尺度过大的玩笑。

4月2日　国际儿童图书日

陪孩子一起读书并分享读后感。

4月22日　世界地球日

了解当前地球的最新状态并讲给家人们听；节约用水用电、节约消耗性资源和能源。

【5月】

5月1日　国际劳动节

可以组织一次户外踏青，进行劳动并享受劳动成果。

5月4日　中国青年节

用自己的方式纪念五四运动；宣传并强化自己的爱国、民主、进步的先进思想。

5月8日　世界红十字日，世界微笑日

学习红十字的意义，无界限的互助与互救，对所有人报以温暖的微笑。

5月12日　国际护士节

请给身边的护士送出祝福和赞许，有朋友从事这份职业，可以主动表达自己的敬意。

5月31日　世界无烟日

如您吸烟，请禁烟一天。

5月第二个星期日　母亲节

陪伴妈妈过一个温暖的母亲节，建议给母亲准备鲜花、礼物和美食。

5月第三个星期日　全国助残日

如果可能，请参与公益活动，定期随团慰问残疾人朋友。

【6月】

6月1日　国际儿童节

请给孩子满满的爱，不止在这一天，不妨满足孩子一个他一直以来的心愿。

6月6日　全国爱眼日

请组织全家人做一次集体眼保健操，请全家人依次分享爱护眼睛的三种方法并互相学习。

Fourth
不将就，才能把日子过成诗

6月第三个星期日　父亲节

陪伴爸爸过一个快乐的父亲节。与爸爸单独上街，或是打游戏，让他参与到年轻人的世界里；当然，礼物、美酒和美食是必不可少的。

【7月】

7月1日　中国共产党诞生日

请祝福党的生日；如果你是党员，就更应该让自己接受先进的党性洗礼。

7月7日　中国人民抗日战争纪念日

了解、正视且理性回顾历史。

【8月】

8月1日　中国人民解放军建军节

参考资料，为他人或孩子讲述解放军的建军历史。

8月6日　国际电影节

不妨独自一人看一部自己喜欢的电影，即便不是去电影院看也可以。

【9月】

9月3日　中国抗日战争胜利纪念日

了解历史并珍惜今天。

9月10日　中国教师节

给老师送出祝福。

9月18日　"九·一八"事变纪念日（中国国耻日）

随警报默哀，重温历史。

9月20日　全国爱牙日

有仪式感地和家人尤其是孩子一起刷牙，并讲解牙齿的重要性。

【10月】

10月1日　国庆节

全程观看阅兵典礼，接受爱国主义教育。

10月4日　世界动物日

关怀小动物，即使不爱但不要伤害，家里有小动物的请为它过一个节日。

【11月】

11月8日　中国记者节

为身边的记者朋友点赞。

11月第四个星期四　感恩节（西方传统节日）

不要吝啬我们的语言，不要羞于表达，请多说谢谢你，并告诉对方为什么。

【12月】

12月1日　世界艾滋病日

了解艾滋病,虽然不是红丝带使者,但要正视艾滋病患者。

12月21日　国际篮球日

可以打一场篮球、看一场篮球赛,或培养一个篮球爱好者,在今天告诉他什么是篮球精神。

12月24日　平安夜

送出"平安果"和祝福,家人齐聚品尝"平安果"。

12月25日　圣诞节

如果有孩子,请在孩子的袜子里塞上礼物,希望孩子有一个快乐的童年,希望有一棵圣诞树,上面挂满神秘的小礼物和小彩灯。

有趣的人,总会变着法儿地让每一个平凡的日子变得有意思。在任何环境、任何条件下,都不要让精神有萎靡的机会,当你营造一些力所能及的仪式感时,总会有意想不到的收获和乐趣。

每个人的内心都向往美好,那么从这一刻开始,不妨试着做一个送出温暖和乐趣的人。

在柴米油盐里寻找生活的诗意

王小波曾说:"一个人只拥有此生此世是不够的,他还应该拥有诗意的世界。"诗意,或许你觉得这是那些文艺青年们的浪漫情怀,与为生活而努力打拼的我们毫无关联。其实我们也可以变得有诗意,只需增添一点格调和品位,平凡生活何尝不能是诗呢?

日子总是在忙碌中悄然流失,不管你是否愿意,它都不会回头。手上忙不完的工作,有时候甚至可以说是枯燥无味的,特别是在车水马龙、灯红酒绿的快节奏城市环境中,匆忙而焦躁似乎成了职场常态。上班有做不完的事,下班有补不完的觉,当初的计划只能被无限期地延后,自己曾经的兴趣爱好也已石沉大海,生活似乎就是这样单调,越来越没有意义和新鲜感可言。生活就是绷着的那根弦,很多时候都让我们喘不过气来。如此,你是否想过换一种心态和生活方式?

Fourth
不将就，才能把日子过成诗

曼曼是一个对生活很讲究的人，用朋友的话说：哪怕今天吃的是方便面，她也要听着欧美民谣下咽。曼曼只是一个普通的女人，不是纵横职场的白领丽人，没有嫁给高富帅，也没有遇到衣食无忧的婚姻，相反她的生活充满坎坷。老公是一家4S店的售后经理，婆家兄妹四人，他排行老大，要负担弟弟妹妹的学费。等到他们毕业了，走上社会的时候，他又把弟弟妹妹带到了自己的家，住到找到工作为止。

其实，他和曼曼的家也不过是80平方米左右的两室一厅，可想而知地铺要打到何种程度。但那段时间，曼曼颇有生活情调，她打扮得知性优雅，会把家中的水果切成花草树木的模样，筷子换成了纤细的竹林筷，买了细腻骨瓷的咖啡杯。老公私下里和曼曼说："谢谢老婆，家里这么多人，你做了这么多，辛苦了。"

原本的生活已经变了样子，餐桌椅子不够，她要和妹妹挪到茶几上去吃饭；每天一到晚上，屋里几乎没个落脚地，可以说是一片狼藉。所幸，她想方设法地给自己一丝慰藉，给自己忙乱的生活一丝幽香，让家人们也感觉到温馨、和气，没有"一地鸡毛"。

找到生活的情趣是一种能力。生活就像加减法，我们该学会去掉一些不重要的东西，添进能增加生活味道的物品，一点一滴地构筑生活的乐趣。

生活是有仪式感的，我们应该尊重生命给予的一切，多去感受其中的趣味。而仪式感能让生活成其为生活，而非简单乏味的生存方式。

如果按照常态的生活方式，曼曼的家会充斥着吵闹和争执，锅碗瓢盆叮当响。换句话说，谁的生活不是如此？而学会在这种枯燥的生活中寻找幽香，是一种能力，这种生活的灵性是源于内心的，需要我们自己去塑造。

将就着过，生活也只能千篇一律；用心地过，生活自然丰富多彩。曼曼尝试着给生活增加各种新鲜的元素，让本来一地鸡毛的生活变得有些格调，也变得更暖了。

我们每个人都只是这个城市中的无名小卒，为生活、为家庭疲于奔波，没有一个人活得轻松自在，但也没有一个人会忙碌到顾不上生活。"文艺范儿"听起来似乎略显矫情，是生活这部黑白影片中的多余情节，可一旦尝试着与生活对接，也就不多余了，反而会增添一抹弥足珍贵的色彩。倘若你没有受益，那只是因为没有用心而已。

如果对待生活的态度是"差不多就行"，那么一旦放任这种状态，就会让生活陷入恶性循环，加剧人的焦灼和疲惫感。比如同样是加班的夜晚，有的人回到家可以坐在干净整洁的客厅沏上一壶茶，听上一首歌，享受轻松的休闲时光；而有的人却只能一头扎进杂乱无章的房间喘息，等待下一个加班日的到来。

对生活从不将就的人，更善于用庄重认真的态度对待生活中每个看似微不足道却又值得慢慢品味的细节。生活向来是公平

Fourth
不将就，才能把日子过成诗

的，不将就的人游刃有余，将就的人往往捉襟见肘。

"真正有本事的，是那些把日子过得精致的人。"所谓的精致，就是有生活品位，对生活从不将就。很多人会把生活品位等同于生活质量，其实生活品位应该是建立在生活质量的基础上，又超越生活质量的一种存在。那些我们在电影中看到的唯美情节，总是显得俗套又打动人心，看男女主角置身唯美的音乐殿堂举行婚礼，没有人不羡慕，这在现代生活中离我们并不遥远。我们要试着让生活之外的附加条件为精神赋能。

在智能时代的浪潮中，你浑身都是智能设备，全屋都是智能产品，却仅仅将其作为摆设，没有发挥出这些产品的实际作用，这些产品没有给你带来精神满足感和充实感，那么你顶多是一个生活质量还不错的人，但绝对称不上是一个有品位、有格调的人。

盖着阳光晒过后的带有淡淡香味的棉被安然入睡，在周末起个大早，清洗衣服床单，把沙发和桌子整理清爽。在阳台种几盆花草，养一只可以依偎在脚边的宠物，把自己的小窝打扮得精致漂亮，这何尝不是一种带有情趣和诗意的生活？

努力在有限的物质条件中创造无限的精神享受，在平凡得缺乏细节的日子中敲打出美妙的节奏，你才会给予自己积极的暗示和导向。人生因为不将就而诗意，过这种诗意的生活并不是矫情，也不是造作，而是在庸常生活里让自己带一点格调与品位地活着，不让自己活得太过粗糙。

人生很短，
我决定活得有趣

　　它不是一种快速简单的生存方式，应该被赋予更多有趣的体验，值得我们倾注更多精力和心思去认真对待。即使面对喧嚣的城市，只要用心经营，不得过且过，谁都能拥有高品质的人生。

　　生活的意义，是即使一个人，也能把日子过得热气腾腾。这种对生活炙热的欲望，是对生活的尊重。

　　诗意的生活在等你，等你带着对美好的追求、对内心的笃定去发现、去学习、去享受，用自己为之欢喜的方式去生活。只有对生活不将就，才能把日子过成诗。

一不留神，就把自己活成了祥林嫂

人生路上，无论在社会中处于哪个位置，相信大多数人都曾有过摔得很惨的经历，失败会让人们积攒经验，以避免下一次再犯同样的错误。

一个人的收获越闪耀，他在夜里也许越孤独，因为人前笑得越灿烂，背后的泪水和汗水就越容易汇聚成河。苦难不值一提，把苦难转换成能量才值得人们把酒言欢。

"鲁迅笔下的祥林嫂俨然是一个可怜的女人，第一痛是失子之痛。可第二痛又是第一痛的延展：身边的家人由最初听闻她的遭遇后充满同情，慢慢地在她一遍又一遍的痛苦诉说中转变成了鄙视和厌烦。一痛是哀其不幸，二痛则是怒其不争！"

佳仁的闺蜜坐在对面，十分认真地讲了这一段话。可是佳仁抹抹眼泪，忍不住哀伤地说道："我眼看着就奔三的人了，却觉得生活一年不如一年，越过越迷茫。当年毕业后的梦想都不在了，每天都是些烦心事缠绕着我，一不小心就把自己活成了祥林嫂，我也不想这样啊！"

佳仁原本是个漂亮又阳光的姑娘，可是结婚三年后，她的变化有点让人惊掉下巴。只要一见到朋友，哪怕是同学聚会，她也会向别人一遍遍地诉说自己的烦恼，大吐苦水。

刚结婚那会儿，佳仁对未来充满希望，她觉得只要奋斗，只要男人心里有她，管他钱多钱少，铁定了跟他，就一定能过上好日子。所以自从有了他，佳仁觉得这世界上最亲最近的人的位置，非她老公莫属。于是，好吃的先给老公吃，好玩的也是他先来，家里更是以率先满足老公的需求为原则。老公想创业，她回娘家筹钱帮他起步。在佳仁心里，她觉得自己早已换来了老公的真心。可是，事情却并不如她所想的那样。

从刚认识那时开始，佳仁便知道老公是个大孝子，觉得这是一个知父母恩情的好男人，为此暗自高兴。可是结婚这三年，无论自己对老公如何好，也无法获得与他家人同等的位置。生孩子的时候，赶上婆婆下楼脚崴了，正在去医院路上的老公打电话叫来自己的妹妹，陪佳仁入院，然后自己回家把母亲安顿好。

佳仁到了医院等床位的时候，有了临产动向，没有经验的妹妹急得给哥哥打电话，哥哥却说妈妈有事实在走不开，告诉她已经安排好人，只要打个电话听从对方的安排就好。就这样，佳仁进了分娩室，她痛苦得眼泪直流，觉得老公明明可以和妹妹换一下，为什么要这么偏执，执意把自己扔在医院？

Fourth
不将就，才能把日子过成诗

平日里，遇到任何事情，老公也是先想到他的家人，然后是孩子，最后才是佳仁。佳仁觉得，在婚姻生活中，自己才是老公最亲密的人，有什么事情应该夫妻之间先商量，荣辱与共，患难相随。可是老公却恰恰相反，他当初的优点成了现在最不能让佳仁忍受的缺点，佳仁搞不明白老公把自己放在什么位置，自己宛若是他生活里的局外人。

结婚三年，老公做了很多让佳仁没有安全感的事。把家里的钥匙给了婆婆一把，而婆婆有时候一声不响地到来时，佳仁和老公还没有起床，佳仁为此抱怨几句，老公却说她小题大做……

闺蜜打断她的话："这些事啊，我们都知道了，所以说你要自食其力好好工作才是，只有自己增值才是解决一切问题的根源。不能再这样下去了，不能再单纯地做家庭主妇了！"听了闺蜜的话，佳仁渐渐止住了眼泪："我也只是和你说说，心里痛快一下，现在家里不缺吃不少穿的，他事业也算稳定，我还要带孩子……"闺蜜稳下心情来，喝了一口柠檬茶，开始摆弄手机。

这几年，闺蜜听佳仁说这些话已经记不清多少遍了，每一次都有新例子，而每一次都是一个主题——老公不够在乎她，屡屡倾诉无果还乐此不疲。

然而佳仁还不曾察觉，闺蜜们已经疲于她的倾诉，甚至脑子里会冒出"可怜之人必有可恨之处"的想法。她只顾沉浸在自己的痛苦当中，看不到朋友们的疏远，一来二去，佳仁再想约闺蜜出来，已经不是件容易的事了，因为大家都知道，三句话又要来回地说苦海无边，可让她回头是岸的时候，她却告诉你：我会游泳，只是想和你说说感受而已。

陷入痛苦当中的佳仁也看不到自己孩子的需要，甚至在儿子感冒发烧期间，第一个念头不是带孩子去医院，而是怪老公没有第一时间回到家。在这种家庭琐事的抱怨中，她已经习惯性地忽略了最重要的职责。

生活中总会有苦难，每个人都不是一帆风顺的。佳仁作为受害者，明明应该得到同情和怜悯，结果却在自己一遍又一遍的倾诉和强调自己的弱势中变了味道，让身边人开始反感起她的懦弱、脆弱和不思进取。面对痛苦的最好方法，是有步骤、有方法、有耐心地解决它，而不是陷入痛苦之中，自怨自艾。

痛苦和欢愉都是假象，暂时存在而已。不幸的遭遇、成功的喜悦都是人生的主题。当一个人获得成功时，要克制膨胀；可在低谷时，也不能日复一日地沉湎于已经发生的苦难之中，然后不断地把已经结疤的伤口撕开给别人看。

第一次别人会替你疼，为你流泪，给你温情；第二次会给你安慰和耐心；第三次或许只能给你安静；到了第四次，就彻底变了味道。暂不论倾诉者怎么样，倾听者早已麻木了。

祥林嫂般地到处找人诉说你的悲惨经历，获取一些敷衍式的同情和廉价的安慰，最后只会陷入内心更加孤寂的境地。它带给人的往往已经不只是对过去的苦难耿耿于怀，而是会演变为心理扭曲甚至愤怒。

Fourth
不将就，才能把日子过成诗

告别以祥林嫂附体似的方式到处兜售你的苦难吧，因为生活中任何人都不容易，学会咽得下痛苦的人，才是离明天更近的人！

当你相信自己的生活充满阳光，你就能吸引更多的正能量；相反，如果你一直哭丧着脸，到来的好运也会离你而去。一不留神，你就可能活成祥林嫂，成为生活的负累。

不将就，生活才有四面

有些姑娘，在二十出头的时候，就被家里人逼着到处相亲，最终女孩选择结婚的理由大多都是：这个人很适合我，他有一份稳定的工作，收入还算可观；或者，他有房有车，能给我比较舒适的生活；抑或是，因为家里人催得太急了，结婚只是为了满足父母长辈的心愿，至于自己的意愿，似乎没有那么重要。结完婚马上又会被催着生孩子，只是因为女孩觉得这是婚姻的必经阶段。被问到对对方有没有感情时，说得最多的一句话就是：婚姻嘛，不就是搭个伙一起过日子吗，只要没什么原则性的问题，就将就着过呗！

后来，女孩变得什么都可以将就，对越来越平淡的生活将就，对越来越无趣的日子将就。

另一些姑娘，她们不标榜年龄的界限，等不到那个想要结婚的人，就会一直单身。哪怕家里人催得再急，也不愿将就自己的感情，而匆匆忙忙地走进一段婚姻。这样的姑娘深深地懂得，只有自己变得足够优秀，才有可能遇到那个足够优秀的他。

如果对自己将就，那就没人对自己讲究。

小时候，听过一个叫《差不多先生》的故事，故事的主人公姓差，名不多。他的口头禅是："凡事只要差不多就好了，何必太精明呢？"

他妈妈让他买一包红糖回来，他却买回来一包白糖，还说："红糖和白糖不是都差不多吗？"

在学校里，老师问他："直隶省的西边是哪一个省？"他回答说是陕西，老师纠正他说应该是山西。差不多先生又回答："山西和陕西不是都差不多吗？"

后来他去了钱铺做伙计，总是把十写成千，老板很生气地骂他，他则笑嘻嘻地说："千比十只不过是多了一小撇，写起来都差不多。"

有一次，他要坐火车去上海办一件很重要的事情，等他不慌不忙地走到火车站，火车已经开走了，他迟到了两分钟。他摇摇头说："这样只能明天再走了，不过今天走和明天走也差不多。可是这火车公司未免也太过认真了，八点三十开和八点三十二开，不是都差不多吗？"

再后来，他突然生了急病，让人去请东街汪大夫，那人太着急没找到汪大夫，只好请回了西街的王大夫。差不多先生知道找错人了，但由于病情太急，只好说："王大夫和汪大夫也差不多，就让他试一试吧。"治了没多久，差不多先生就一命呜呼了。

显而易见，当你开始对生活将就的时候，生活也会开始处处对你敷衍塞责。

很多人并没有发现，自己早已经将这套"差不多理论"运用到了生活中。

上学的时候，总是抱着能及格就行的心态，反正60分和80分都差不多；工作以后，也总是对自己说，没必要每件事都做得那么好，能过得去就行，反正做好做坏都差不多。

遇到不喜欢的人，凑合地结了婚；在不想生孩子的年纪，凑合地生了孩子；为了照顾家庭，凑合地找了份工作……请问，你还要凑合到什么时候？

现在很多人说，"80后"都在忙着离婚，"90后"都在忙着单身。很多姑娘在谈起自己离婚时候的心情时，总是对自己当初做出和那个人结婚的选择感到不可思议。刚到了法定年龄，就在一个男人的甜言蜜语里迷失了方向，觉得世界都在自己身边，没有多想就托付了终身。连婚礼都没有，领了个证就算在一起了，还美其名曰，婚礼太俗气，不需要走那一套流程。

但是，当走入了真正的婚姻生活，才发现当初的自己太年轻、太天真。胡苏洽洽对号入座了。

她不明白，老公虽然没有多优秀，但对自己也是关怀备至的，可以前那个满嘴好话的男人，现在为什么会恶语相向？胡苏

Fourth
不将就，才能把日子过成诗

不明白，明明他知道自己闻到香烟味就恶心，为什么还能当自己不存在一样在客厅里吸得肆无忌惮？她不明白，一向爱干净讲卫生的自己，为什么家里到处都有他的脏衣服、脏袜子？她不明白，当初明明说着照顾自己一辈子的人，为什么连顿饭也懒得做了？

是的，胡苏真的不明白……

自己守着满是油烟的厨房，一边哄着随时都可能放声大哭的孩子，一边择菜做饭。慢慢地，自己全然包揽了家里几乎所有的家务，她发现自己从一个手无缚鸡之力的女子，变成了一个无所不能的女超人。偶尔闲下来刷刷朋友圈，看见昔日的好友都在忙着自己的事情，有人出国深造了，有人成立公司了，有人独自旅行成为专栏作家了，有人在公司独当一面成为一把手了……这原本是自己想象中最渴望的生活，但眼下的自己只能趁着孩子熟睡的时候，将洗碗池里的碗刷干净，再把孩子的脏衣服一件一件洗好晾干，等着明天继续穿。朋友圈里的美好太过耀眼，灼得眼睛发热，她匆匆关掉手机，暂别了朋友圈，投入没完没了的家务活中。

每当有了矛盾、有了争吵的时候，胡苏听到的最多的一句话就是："你现在怎么变得越来越多疑，越来越敏感？你已经与社会脱节太久了，真应该好好出去和人打打交道了，心理太脆弱了！"

她以为放弃工作，选择照顾家庭是一种默默的付出和牺牲，只可惜，胡苏是牺牲了自己，但并没有人来领这份情。她不仅没有得到期待的感激和包容，反而让人对自己越来越不屑。仿佛她的感受变得不再重要，话语也变得不再有分量，她偶尔的难过和伤心，在他人看来不过是做作和矫情。这跟胡苏预想的很不一样，可平静下来她还是想，忍一忍就好了，谁家不是这样过呢？

两个人在一起，总要有一个人多一点包容和理解，所以，胡苏越来越将就自己，想说的话没说出口，怕让对方不高兴；想提的要求也憋了回去，觉得自己还不配；想许的愿望也不敢许，因为觉得眼下的生活还可以继续……

偶尔，胡苏也会意识到生活的糟糕，只不过怪自己当初选择太草率、太随意，所以对它产生的后果也只好自己咬着牙去承担。即便是这样，她依然选择了任劳任怨，无怨无悔。

终于有一天，像电视剧一样狗血的事情发生在了她身上，胡苏得知了老公出轨的消息。震惊、麻木、难以置信……所有刺痛的感觉席卷而来。唯一让她确定生活还在继续的，是那颗跳动着的痛苦的心。胡苏忍不住以泪洗面，抱怨连连。然而，也许还有一个选择摆在面前，是结束还是继续？

沉默良久之后，胡苏终于醒悟，自己已经将就得太久了，这一次，她选择不再将就。

她和老公摊牌，但有一个奇怪的要求：在离婚之前必须办一场婚礼。

婚礼那天，胡苏和所有新娘子一样，打扮得美极了。这一

Fourth
不将就，才能把日子过成诗

次，从头饰到婚纱，再到高跟鞋，都是自己亲手挑选的。她没有像之前一样随便在网上淘一条便宜实惠的裙子，而是花大价钱买了一套自己喜欢的婚纱。望着镜子里有着精致妆容的自己，恍惚有点陌生。这张脸一直都是素面朝天，还顶着厨房的油烟。从来没有想过，自己原来还可以这么美。胡苏好像不认识自己了，又好像刚刚才认识自己。

大家只是以为胡苏在补办婚礼，只有她自己知道，自己是在庆祝新生。别人的婚礼是婚姻的开始，而自己的婚礼则是婚姻的结束。胡苏似乎并不伤心，脸上反而挂着久违的笑容。

胡苏说，以前走了点弯路，但现在又回来了。

周围人都在同情离婚以后还带着孩子的她，他们担忧胡苏今后要如何生活下去。而她自己非常自信地认为，以后的生活只会比以前好。

胡苏重新捡起了大学的专业，丢了好几年，被柴米油盐冲得都快忘记了。没有了成堆的家务，也没有了那许多烦心的事情，她将大部分的精力都放在了工作上。

第一次取得一点工作上的成绩时，胡苏激动得说不出话来，因为只有自己明白付出了多少努力。

虽然生活的压力很大，但反而激发了她更多的兴趣。她开始学画画，从自学到拜师，胡苏的进步越来越大。

有一天，她画了一张自己孩子的素描，放在朋友圈以后，获得了大家的一致认可，好多人还传过来自己孩子的照片请胡苏给他们也画上一张。胡苏开心得不成样子，以前从来没有想过生活还有这种模样。

她精心给孩子做早餐和晚餐，营养的均衡和色彩的搭配看上去都很精致；也把家里收拾得很温馨，每个角落都能看见主人对生活的热爱；胡苏对穿着也越来越讲究，她开始试着健身。坚持了一段时间后，发现原来穿不上的衣服现在穿上刚刚好。她开始投资自己，除了皮肤，还有大脑。而所有这些生活的元素，在以前是根本不敢想的。

胡苏的生活变得越来越有滋味，她说，生活的趣味是无穷的。

不要以为生活只有一种样子，只要人们对它充满渴望，它就能变幻出千万种模样。认真对待它，它就会认真对待自己，而认真生活就是对自己的最大善意。

为什么你张口闭口说无聊?

网络上流行着一个词叫"中年少女",侧面反映出年龄早已不是衡量年轻与否的唯一标准。一个人过怎样的人生,走什么样的路,保持怎样的生活节奏,一切都源于心态。

时光大好,为什么你还是连连叹气,张口闭口说无聊呢?**拥有一颗善感的心,学会在生活的琐事中发现乐趣,哪怕生活早已混乱不堪,也会存在化腐朽为神奇的力量。**

小斯和尔海结婚12年,过了"7年之痒"的阶段后,确实不再痒了,也仿佛再也无感了。本是大好周末,却因为小斯的夜半不归爆发了一场争吵。醉酒的小斯把茶几上的花瓶砸向房门,释放压抑般的怒吼:"离婚!"酒精和愤怒的结合让她疲惫,她睡着了……

被肺癌折磨了将近两年,一米八的身高看上去似乎也不显得高大了。尔海已经骨瘦如柴,双腿似乎碰一下就会折断。一双热爱弹吉他的手上,血管也已扭曲。42岁的他,凹陷的双眼,好似已走过60年。可是,尔海今天很精神,他可以头脑很清醒地与小斯对话,并且说,今天除了氧气,其他都不需要。

他的声音越过鼻下的氧气管,对小斯说:"这个时候的样子,就别画了。"他费力地说,但声音还是很清晰。

小斯没抬头,专注地勾勒着他的线条,咯咯笑了两声:"放心吧,不嫌弃——"

他也笑了,转过头看着床头的绿萝:"我就没看你养过会开花的植物……"

最后一笔抹了又抹,又一张素描算是完成了。小斯起身,小心地把床头摇起来,让他半倚在床上,尽量舒服点。每次做这样的动作,他都会疼得轻微出汗。

小斯笑着坐到尔海床边,和他的头依在一起,让他欣赏"画像"。

"太丑了。"尔海微微皱眉,"你以后看到的是我这个样子,我多尴尬。"

小斯不理他,起身去拿画册,这已经是第九本画尔海的画册了。其余的都在小斯的书柜里,这一册被她随身拿到病房。她在这张画像上注明日期,装进了册子的第11页。做这些时,小斯十分小心,就像照顾他一样,这已经成了她生活中那么自然的一部分。回过头,她对着他笑起来:"这可是我的宝贝!"

他有点不好意思，但看得出来很高兴，他这种样子旁人是瞧不出变化的。他轻轻地拍了拍床边，示意小斯坐下。

他干瘦的右手握住了小斯的手，看了看她手上的戒指，那是3年前他送她的婚戒。他当时仍旧意气风发，两个人第一次一起去海边，伴着海浪的汹涌澎湃，他十分激动地紧握着她的肩膀："这太疯狂了吧？"

"后悔吗？"眼前、此刻的尔海打断了她。

小斯定了定神，看着眼前的人。年龄的差距吗？或者是远离家乡？抑或是接下来……"没理由啊！"小斯对着尔海大笑。这是小斯，无论对生病前或生病后的尔海最多的表情。

尔海抚了抚小斯的头发，嘴角蓦地有点抽动，眼眶红了起来，稍有哽咽："我死了，你可怎么活！"

小斯的眼泪不由自主地掉了下来，她从不敢在尔海面前放肆飙泪，尽管在内心或背着他的时候时有发生。"我能照顾好自己。"

"真的吗？"

"嗯。"

"健康的人和生了病的人，在面对死亡的时候，原来都一样害怕，你知道怕什么吗？"尔海长舒了口气，好像在调整情绪。

继续缓缓地说："因为只要你清醒着，你就会知道当人死后，你的意识也就被迫终止，再也不能和关心的人交流自己的感受，自己彻底地没了主动权。爱的主动权、活着的主动权、照顾你的主动权……人最怕的,是知道精神会和自己一起死了。"

说这话的时候,尔海轻轻地把小斯揽在怀里,这是他病情恶化半年以来第一次这样抱她。小斯听得见他的心跳,好像和三年前在海边时没什么两样,仍旧是那么稳健有力,让小斯踏实、安心,再也不想逃跑……

尔海轻轻推了推小斯:"快醒醒,枕头都湿了。"

睁开眼,泪还垂在眼角,尔海显然有点着急。他忙倒了杯白水递过来,手上还有昨夜被打碎的花瓶割破的伤口,这是一双温暖的、健康的、喜欢弹吉他的手……

天色渐亮,清晨的阳光透窗而来,眼前的绿萝叶子正鲜,床头放着昨夜小斯拆散的画册,已被尔海重新整理……

小斯握住尔海的右手:"婚,不离了。"

她柔声细语地给他讲起了昨夜的梦,那梦如同真实的测试一般,让她意识到自己原来一点都不想离开他。尔海也忍不住地叹笑:"你要像梦里那样温柔该有多好!"

小斯说:"遇到我这样善感的人,好的坏的总好过无聊啊!你幸运着呢!"

一个有情趣的人,总能从枯燥的生活中找到悸动,哪怕仅仅是一个梦,又何尝不可以传递给生活一种积极的影射?谁的生活都可能有一片狼藉的时候,可有能力驾驭生活的人,即使在梦里,也会是一个和现实中一样有温度的人。

Fourth
不将就，才能把日子过成诗

  他们的小日子又热气腾腾起来，与其说是梦的牵引，不如说是情趣的驱动。

  有情趣的人，会把一手烂牌打成王炸。善感的人，总会洞悉趣味的气息。

  说到底，善感是生活中的一种养分，它不声不响地作用于人生。把闲来无事、叹气无聊的时间用来做点看似无用实则颇有意义的事情，几年、十几年后，你的人生层次和内心的丰盈指数将大大不同。而幸福，恰恰是在生活中一个个平凡的瞬间，通过一颗善感的心滋养而来的。

如果不出去走一走,你会以为这就是全世界

一诺年过四十,这个年龄对于一个女人来说已是青春不在。她像绝大多数女人一样,渴望自己的生活维稳在一条正轨上,不出任何意外,但谁的人生是一帆风顺的呢?

在丈夫的一次同学聚会上,她意识到了好像会有什么事要发生,因为参加聚会的同学中有她丈夫的初恋情人。多年后两人再见,无数曾经的美好涌现眼前,人到中年的人往往需要这一份热情,来点燃朝九晚五、循规蹈矩的生活。在看到丈夫手机中的酒店账单时,一诺的世界仿佛崩塌了。

在闺蜜遇到烦恼时,一贯主张修养为先的一诺,在自己遇事时却乱了阵脚。她终于还是没有控制住自己的情绪,歇斯底里地跑到丈夫初恋女友的工作单位,在门卫处大吵大闹,声称要让这个不知羞耻的女人受到全天下的唾弃。就这样,原本想要解释

Fourth
不将就，才能把日子过成诗

的丈夫与她展开了恶战。对于一心一意只想要家庭安稳的一诺来说，这个变故太过沉重，她还没有做好承担的准备；抑或说，这是一个女人一生也做不好准备的事。

她终日以泪洗面，丈夫也搬回了婆婆家住。尽管他说这是一场误会，但一诺的疯狂已经让他无意再打开心扉。

闺蜜见她这个样子，心疼地说："一起去旅行吧！你以为你的世界就只有这80平方米的房子吗？就那个车间主任吗？其实，天蓝得很啊！"

美术专业的闺蜜是一诺认识了十几年的老朋友。"前两年我推荐你买的那些颜料呢？你不是喜欢画吗？他不是说没用吗？现在他都走了，你就带着爱好和孩子去旅行啊！你们都分开一个月了，出去走走也好啊！"

听到颜料，一诺若有所思。对于绘画，她是菜鸟级别的，但对画画颇有兴趣，可是，老公曾说画画没什么用处，也说过省下来的钱和空下来的时间还不如两个人一起看场电影。只是，当有了空闲时间之后，他们也只看过两场电影而已。

一诺的大脑神经跳了一下，她从沙发上爬起来，拉开沙发底下的储物箱，找起了当时置办的画板、各种大中小型号的毛笔、画油画的书和小册子，她对闺蜜说："多亏当时没有扔！"

闺蜜说："去吧，我以前推荐你那个画画群，人家一年总要出去几次，采风看景，你从来没有参加过，这次我推荐你，出去看看天吧！"

人生很短，
我决定活得有趣

一诺订了去稻城的机票，随着陌生的画友们，开始了为期一周的旅行。

一诺的家庭条件虽算不得多好，但也不至于捉襟见肘，可是自从结婚后，除了蜜月去了一趟北京，他们再也没有出去过。

稻城真美，小镇上干净的小路，一望无际的田野，就和电影里的画面一样。一诺戴着草帽，不断摆拍各种POSE，画友说："一诺，你镜头感可真好！"一诺笑得恬静，仿佛又重新回到了20岁。

晚上的篝火晚会，大家趁着酒兴玩起了真心话大冒险。一诺笑得前仰后合，有些问题在她看来实在"不忍直视"，大家却很放得开，玩得很尽兴。稻城很小，今天的稻城却很大，放眼望去，暮色青青，天高云淡。原来的心真的太狭窄，计较生活中的一言一行，眼里也容不得半点沙子，更容不得别人开口说"并非如此"。

兴趣是最好的老师，一诺重拾画笔。铅笔画、油彩画，她的内心执着而单纯，看着一幅幅"菜鸟之作"，她的整个大脑慢慢放空——原来很多事都不用那么钻牛角尖。岁月静好也不过就是这副模样：有生活，有工作，有健康可爱的孩子，还有自己喜欢的事。至于曾经让自己日思夜想、茶饭不思的事情，其实它们远没有那么重要。

这些经历让一诺在安静作画的时候，更增添了一份耐心。提

Fourth
不将就，才能把日子过成诗

笔的姿势不对，重新来过就是；油彩着色错误，盖过重填便好。

从稻城回来两个月后，一诺逐渐过起了有规律的生活。每个周末，她送完孩子去补习班，自己也会一头扎进画室，也结识了很多趣味相投的朋友。

国庆节时，画室再次组织大家相聚，这次他们的目的地是西藏。因为高原地域特殊，群内早就要大家提前做好准备，想要参加的人可以提前服一些藏红花，以缓解高原反应。自驾出行，每个人都做些力所能及的事情，有驾照的轮流开车，自酿红酒的带上佳酿。这次他们尝试着奔向远方，因为够遥远所以觉得够神圣，因为够遥远所以觉得有向往，一诺又报名了。

风吹幡巾的苍凉和洒脱，仿佛只有拉近了的电影镜头才能懂，可是再昂贵的拍摄器材也比不过人的眼神。一诺望着沿途的青海湖，觉得自己真的太渺小了，小到在天地之间根本不值得一提。

路上，电话响起，她接通了丈夫的来电，电话那头悔意连连，平静地解释着同学聚会的种种误会。一诺眯着眼看向远方，风吹乱了自己的头发，丈夫口中的细节她没听到什么，只听到了"误会"，又听到了"回来"。

风中，一诺微笑着。

"世界那么大，我想去看看。"想必人们还记得这封曾爆红于网络的辞职信，它的突然爆红在于道出了无数人想说而不敢说的心声,仿佛是一种呐喊、一种宣泄、一种对世故善意的"挑衅"。外面的风景未必真的如想象中那般美妙,但看过大江大河的人,或许至少不会再为了溪流而忧心。又或者,他们从此之后不会率性而为,反而回归理性,用最诚恳的目光去审视现实:真的有这么满足吗?真的有这样不堪吗?

把生活熬成一锅鲜美的汤

活得精不精彩、有没有趣确实无关年龄，但精彩又有趣的人生却能实实在在地让你变得年轻。你可以由此收获名利之外来自他人对你的尊重，重要的是能让灵魂自我刷新。同样的24小时，会因为你不同的状态、不同的心态而散发出不同的味道。有趣的人，总会把生活熬成一锅鲜美的汤，香气四溢。

白素是野兽派画手，她总是这样定位自己。她的作品已经被知名画家认可，并且她也被收为门徒，但因为不是科班出身，之前也从未拜师学艺，仅仅凭借喜好，在坚持中摸索出了一条适合自己的路，所以她自成一派。

白素不仅自己画出了成品，最近两年还带着闺蜜亲友们一同加入画室。当零基础的闺蜜们在喜欢的事物面前跃跃欲试又不敢着笔时，她便鼓励大家：只要去做，就会一天比一天有收获。

每周三，白素会在微信群里做公开课，只要是喜欢画画的人都可以加入，但有个规矩——在初期容易掉队的时候，不能随便旷课。她不收费、不收礼，只收认真和努力。

画室成立半年时，出自"民间"的各位画友都进步飞快，虽然还达不到妙手丹青的程度，但着笔怡情总是绰绰有余的。

以画会友的白素收获了一大批"粉丝"，有她的闺蜜、发小、亲戚，甚至还有孩子的老师，无疑，是共同的生活情趣把大家聚在了一起。慢慢地，白素的课程又延伸到了新的领域，古筝、书法也陆续纳入进来。

时光飞逝，不知不觉间两年过去了。她的工作室再次扩建，已经获得了业内专业老师的肯定，随之而来的是很多商业合作。白素说，从未想过有一天自己的爱好会变得这般有价值。而这些改变仅仅源于她想在空白的生活中保有一丝情趣。

白素的另一位"同道中人"，是一位爱好茶香的忘年交——63岁的绮凡。

退休后的绮凡把爱好经营成了事业，她开了一间茶香小店，这里不止有各种茶叶，还有精致的茶具。路过小店门前，白素被小橱窗里正弹古筝的绮凡吸引，她停了下来，伫立原地听得入神，也被眼前这位举止优雅的老人家所吸引。

她知道她并不年轻了，却和老迈毫无关联；她知道她不止四十岁，却不敢说出她已年逾六十，生怕打破了她的节奏和她手中的茶盏。

茶香和古筝，让两人一见如故。

Fourth
不将就，才能把日子过成诗

绮凡是一位退休的音乐老师，她非常喜欢茶，却没有去开一家茶馆，用她自己的话说："我喜欢的是小情趣，并不是经营。"于是，她便每周在朋友的茶馆讲上一堂有关茶的文化课，让喜欢茶的朋友们在听茶中品茶，朋友们对这种带有情调的小课堂喜欢得不得了，因为这是一种精神放松和共鸣，就如绮凡所说：雅俗共赏，各得其所。而绮凡享受说茶、烹茶、品茶的过程，将生活与自己的热爱融为一体。

你喜欢什么，就用什么为料，在时间的烹煮下，轻而易举地就能熬出一锅鲜美的汤，以滋补现代生活中容易枯燥的心灵。收获亦小亦大，但终归是有的。

培训学校里有一位名叫Alina的英语外教，她是一个来自墨西哥的20岁出头的姑娘，因为喜欢中国的悠久历史和各种神奇的传说而留在中国。

Alina在学校已经工作了一年多，她的生活简单质朴。很多国人或许会有些不解，为什么年轻人仅仅因为喜欢就去做可能改变自己一生的事情，远离亲人，甚至远离故土？Alina在这一年多的时间里过得非常快乐，她除了每周8节外教课，还参加了国学班，她的业余时间被孔孟之道、中庸之礼填满，为太极拳的以柔克刚所深深吸引的她又结交了会打太极拳的中国朋友。

Alina是个聪明的姑娘，她用带有"墨西哥味"的中文说："干什么像什么。"于是，周六的早晨，就能看到一个身着中式练功服的外国姑娘在广场慢悠悠地打着太极拳，她可爱的练功模样吸引了很多中国人围观,甚至有"太极达人"愿意留下来指点一二。

　　Alina觉得中国文化博大精深,自己虽然远离故土,但日子一样过得有滋有味。Alina可以像其他伙伴一样选择留在墨西哥,上学读书,毕业发展,但她一生的履历上不会有"中国行"的印记,她内心向往的中国文化也只能是一个概念。在国内,她一样可以拥有灿烂人生,但终归会觉得小有缺憾,所以此刻她是满足的、幸福的。

　　Alina甚至学会了做中国菜,红烧豆腐、麻辣小龙虾也不在话下。在中国过的第一个春节,她应中国朋友的邀请前往其家中过年。Alina学会了中国的传统礼仪,带上了新年礼物拜访朋友家中的长辈,朋友的家也因为这位可爱的外国姑娘的到来而极为热闹。

　　Alina学会了包饺子,耐心而专注地捏着手里的面皮。在她眼里,这不只是美食,更是与中国文化的近距离接触。她阳光明媚、开朗大方的性格迅速得到朋友家人的喜爱,虽然对于自己包出来的饺子感到羞涩,但是在品尝过饺子的味道后,还是激动地说等回国以后也要包给自己的家人和朋友吃。众人一听哈哈大笑,在他们眼里,Alina是一个特别有趣、可爱的姑娘。

　　有趣的人,无论身在何处,都有能力把日子过得热气腾腾,把生活熬成一锅鲜美的汤。

　　生活中的我们也期望能"以趣会友",一生精彩。其实,只

Fourth
不将就,才能把日子过成诗

要在自己喜欢的事情上多花一点精力,多下一些功夫,把心中所想一步步落实到行动中去,就会在坚持中收获意想不到的精彩。

做一个有趣的人,不只是为了得到他人的喜欢,更是为了从内心真正地接纳和爱上自己,获得一份自我给予的肯定和自信。没有倾国倾城的美貌不要紧,拥有一个有趣的灵魂同样可以光彩照人。

最朴素的生活与最遥远的梦想

有人说身体和灵魂,至少要有一个在路上。我们的思想,哪怕不能真的随身远行,也要有独立行走的能力,带有去往世界各地的热情和欲望,因为这是给最平凡的日子的一种无声敲打。

童思并不是标准的"文青",她说这个词在这个年代多少有些矫情了,闺蜜开玩笑地说:"生活就是需要一点矫情啊!"有了"鼓励",童思想开书店的想法更按捺不住了。

她想开一间小书店的想法早已有之,如果怎么开店都是开,怎么做生意都是奔着赚钱,那么为什么不能做一点自己喜欢的事,再顺便把钱赚了呢?哪怕不足以让自己发达,至少精神上很富足啊!童思一边摆弄着花瓶一边和闺蜜说:"我想开一间有趣味的小书店,每天在工作中读读书、写写字,闲来可以插插花,也可以琢磨一下手工,再也不用担心拼图没处放,趣味的积木没

Fourth
不将就，才能把日子过成诗

处摆了。一杯咖啡飘出来的香味就能够环绕出梦想的模样，所以最朴素的生活本身就是一种梦想啊！"

闺蜜一边听着一边微笑，她看到了童思带着梦想过日子的模样，灿烂极了，就像冬天里暖和的太阳。即使低头所见的是一地凌乱的书本，咖啡杯还是上学时两人一起买的白瓷笑脸杯，插花的花瓶也不是很精致，咖啡也并不是手磨，而是某品牌的速溶。可是童思的眼神像极了灰姑娘童话里仙女手中的仙杖，给这些普通的物件都施了咒语：旧器皿会泛着光，书页一翻开便书香四溢。简单而朴素的日子里开始孕育梦想，又远又近，但就像饭锅里热乎乎的白米粥一样，咕嘟咕嘟地冒着热气儿，伴随着升腾出的白雾，心情愉快得宛若有一只乱蹦的小兔子。

再平凡的日子一旦与梦想有了联系，就会变得有温度。

童思的小店开业了，橱窗没什么华丽的摆件，几束绿萝一串竹藤，但是收养了一只流浪的小猫，橱窗就生动了起来。因为致力于参与小动物救助协会，这个戴着眼镜的年轻姑娘一下就变得"有光了"——她的梦想泛着光，一直延伸到这个平凡静谧的橱窗。

无非是摆弄书籍，有的人享受这份工作，有的人觉得这种无甚创造性的工作枯燥难耐，二者相比，终究是思想和心情的差距。每个人每天都有分毫不差的24小时，但是如何度过以及怀有怎样的心情度过却大不相同。有些人觉得生活无限美好，有些人觉得生活过于无聊乏味，甚至悲观厌世，继而看淡冷暖。

> 人生很短，
> **我决定活得有趣**

　　学会在淡然而又平凡的日子里寻找悸动，才能品味出生活本身的味道，而这些令你悸动的元素便是梦想的力量。它是大是小都不要紧，关键是你要有能力透过平凡的日子看到它的存在和到来。

　　电影《神秘巨星》讲述的是关于在朴素和艰难的生活中让梦想开花结果的故事。

　　电影的主角是一个14岁的女孩尹希娅，她出生在并不富裕的家庭，奶奶和爸爸都不算喜欢她，爸爸还常常对妈妈家暴。然而尹希娅像一棵出生在泥土里的新芽，即使在这样的家庭环境中，她还是执着于自己的梦想。她喜欢唱歌，但爸爸并不看好她唱歌这件事，坚决反对，幸好尹希娅有一位好妈妈。妈妈卖掉了自己的项链，给女儿买了一台可以录制唱歌视频的电脑。由于出色的唱功，尹希娅蒙面的歌唱视频一经上传网络便迅速走红。她成了同学们口口相传的神秘巨星，她骄傲而窃喜地走在人群中，尽管她穿得并不漂亮，长得也不十分惊艳，可是因为梦想的照耀，她走路的步伐也变得轻快了很多。

　　尹希娅遇到了看好她的经纪人，她得到了命运抛来的橄榄枝——经纪人邀她录唱片。就这样，女孩游走在上学与录唱片、城里与城外、火车上下的途中，在人群中奔波着、穿梭着。她在平凡得几乎破碎的生活中一直坚持着梦想，从来没有放弃过。因为她喜欢，她喜欢自己置身于梦想中的状态。她还对自己最爱的妈妈说：她的梦想也是让她过上好的生活，摆脱眼下的一切。

Fourth
不将就，才能把日子过成诗

在最终获得歌唱比赛年度大奖时，在聚光灯下，尹希娅鼓起勇气摘下面纱，并在万众瞩目的时刻走向妈妈——女儿给了妈妈一个大大的拥抱。她自此可以成功地带着妈妈摆脱家暴的苦海，这也是她梦想中的一站。

电影中的这一段令人怦然心动，因为梦想始终具有感染人心的力量。如果尹希娅只是一个接受命运安排的弱小女孩，是不会顺利点燃自己的梦想火炬的，也不会终结妈妈的痛苦。

倔强的女孩一边按部就班地生活着，一边把梦想根植于心，让它翻腾着、燃烧着。不负生活、不负梦想，被注入灵魂的肉身才能获得真正的自由和快乐。学会在枯燥的生活中找到一个平衡点，它足以为你将生活的面貌翻转，将平淡的日子翻新。

面对苦难，眉头紧蹙，便决定了你对生活的态度。生活越是平淡无奇，越需要梦想的支撑和鼓励。认识平淡、接受平淡，也要想办法改变平淡。

《阿甘正传》里的主人公看起来很平凡，甚至还比不上平凡的人，却拥有了不一样的结局。阿甘一直都"在路上"，没有停下脚步，没有躲在当下的生活中，哪怕他只是漫无目的地奔跑，可这种持之以恒却为他带来了不一样的色彩。

当梦想驱使你行动时，生活就会慢慢发生改变，总有一天，当你回望今天，会有一种距离感，甚至是俯瞰。尝试着在朴素的生活中用心丈量梦想，生活便会渐渐充满趣味。

Fifth

永远别放弃做个有趣的人

认清生活残酷的真相，但依然热爱生活

校园就是一个小圈子，"圈内"的任何事情一经发酵，要经过时间的沉淀才能不断淡化。

放学的儿子在吃饭时用仿佛知道了惊天秘密的语气对爸爸妈妈说："还记得二年级时我们班孙淼淼不？就那次学校里传遍了的，她爸妈的夫妻大战！——就是校主任和音乐老师，为了争孙淼淼的抚养权，在学校办公室里厮打那件事！"

"哦，记得，那可真是堪称世纪大战！"爸爸一边往碗里夹菜一边配合地附和着。

妈妈笑话爸爸："就像你亲眼看见了一样！"

"我看见了呀！你别提当时多混乱了，孙淼淼都哭崩溃了！"儿子继续扮演着"前线狗仔"："问题是，妈妈，我们毕业的时候，孙淼淼的爸妈都来参加毕业典礼了！"

"我也去了，我怎么没注意呢！"妈妈续了一碗汤，也掺和

进来。

成功吸引爸爸妈妈的注意力后,儿子拿出了"证据"——他手机里孙淼淼的朋友圈,那是一张一家三口喜笑颜开的合影,丝毫看不出若干年前居然发生过夫妻决裂的事情。

妈妈也随即翻开自己的微信,她和淼淼的妈妈仍旧是微信好友,这位音乐老师在朋友圈里这样写道:

"今天对我来说真的是有很多情绪涌上心头……

"因为有了女儿,我懂得了什么叫作'无私的爱',一路走来,我都用谦卑学习的心态来面对人生的起伏!也用这样的态度来教导我的孩子。

"今天,是我女儿淼淼的毕业典礼!因为无私的爱把曾经的我们聚在了一起。我们不再是我们,我们依然是我们。"

淼淼妈妈的这条朋友圈和这张一家三口的合影,真是令人感慨。照片中,谁也看不出两人都已再婚,并且在重组的家庭中又做了爸爸妈妈,但他们却因为共同的女儿又重新站到了一起,脸上的笑容自然而然,仿佛一切风轻云淡,一片宁静祥和。

爸爸说:是孩子又把他们聚在了一起……

妈妈看着朋友圈却若有所思:"不仅仅是因为孩子,谁不知道孙志当年做的错事呢!在学校都传开了,是他移情别恋还要孩子抚养权,淼淼妈才崩溃的。如今再看,淼淼妈越活越年轻了……"

你恨的人,也许会一辈子缠绕在心头,你要怎样度过一生?

Fifth
永远别放弃做个有趣的人

淼淼妈妈选择了谅解。除了时间这个帮手之外，更重要的是她选择"放过自己"，即便所经历的一切已经让她认清了生活的真相，但她依然选择谅解，以便让自己解脱，而后继续相信爱情，并幸福地生活下去。

每个人都活在认清生活的过程中，或长或短、或深或浅。当生活残酷的真相浮出水面时，一些人败在这真相面前，无法再继续积极地生活，比如那些从小历经艰辛而觉得生活残酷，选择以铤而走险的方式攫取私利的人；一些人受伤之后仿佛惊弓之鸟，再也听不得、见不得美好；还有一些人，尝尽人生疾苦，却依然激情饱满地拥抱生活，比如《被嫌弃的松子的一生》中，女孩一生悲苦，是什么让她面对痛苦时选择迎难而上？应该是她对下一段人生的期望，且不论结局，是这个期望支撑着她继续前行。

认清生活残酷的真相，但依旧热爱生活的原因是：选择原谅。 从纠结中走出来，放过对方，就是放过自己。

青山是行业里比较有影响力的青年才俊，他凭借个人出众的能力，在创业过程中成功地摆脱了三次面临清点资产、解体倒闭的困境，一次是因为初进信贷行业经营不善，一次是因为流动资金无法流转，还有一次是因为行业风险。所幸，在这些惊涛骇浪涌向他的时候，他没有倒下，而是咬牙挺了过来，不仅迎难而上，还大力革新，如今他的公司业绩在同行中可谓是一路飘红。

现在的青山已至不惑之年，举手投足间的风雅不减当年。多

人生很短，
我决定活得有趣

年前的老部下从外地回来看他，听到老部下说起这几年发展的惨淡，他端起茶杯笑着说："大家都以为我发展得很好，都是看表面，其实公司到现在还在负债，大家看到我在转型，那是因为原来的行业发展前景不明朗，必须另寻他路。不过那又能怎么样？因为天在下雨，你就不过这一天了吗？你经历了失败，但有人创业成功了啊，难道你就要一直败下去，不准备翻身了吗？"他说起这些的时候神采奕奕，看不出是一位负债的经营者。

认清生活是我们的本能，热爱生活是我们的能力。后者才是分出人生境界高下的关键。是的，在行业里，当众多企业经营面临困境时，客户和员工依然对青山十分信任，银行对他公司的授信也在逐渐增加。老部下忽然明白，论资产，也许青山不如自己富有，但在他面对人生的态度这个天平上，自己这端的砝码显然太轻了。

那些如今在人前风光的人，也许都曾活得令人唏嘘，最要紧的是你能扛过寒冬，迎来春暖花开。

央视大型寻亲节目《等着我》中有这样一个女孩，从小被人贩子拐卖，在养父母那里度过了灰暗和令人恐惧的童年，她吃不饱、穿不暖，还要砍柴、做家务，无休无止……一个孩子经历了这些之后，有人难免会性格孤僻、胆小懦弱，甚至会厌世，但是她在讲述自己的经历时，却不断地在给自己的人生加分。

她遇到自己的老公，觉得人生有了50分；有工作，赚钱了，再加10分；有了自己的小宝贝，又加10分……这个女人，在这档

Fifth
永远别放弃做个有趣的人

催泪的节目中一直笑意盈盈地给自己的人生不断加分。

很难想象,有着温暖笑容的她,曾挨过多少打、受过多少罪、在夜里流过多少眼泪,然而正是经历了这些痛苦,认清了生活的残酷以后,她明白了:想要改变,只能靠自己。她开始默默地努力,辛勤地工作、赚钱,心态归零,重新去热爱生活,不断给自己的人生着色。

如果你不接受生活残酷的真相,就像是飘摇在空中的气球,只能随风而去。然而这是需要勇气的,这种勇气源于一种信念:直面人生,笑脸相迎。

人生并不长，干吗不做个有趣的人？

我们总是被教导或者规劝要做个知书达礼、宽容善良的人，却很少有人告诉我们：不妨试着去做一个有趣的人。大部分人似乎从一出生开始就在取悦别人，鲜有人意识到，活得有趣，做一个内心丰盈的人，才具备反哺这个世界的能量。

不知不觉间，短视频在男女老少的手机中热了起来，"网红"的定义不仅仅局限于"颜值""才华""奇特"这些标签，更多的是一分"真实"，于是，像流水日记一样淌着自己生活的网红们悄悄地热了起来。

新闻里报道，有一位被雇用的阿姨拍摄自己工作的日常，这位阿姨拥有18万粉丝，她一天要打四份工，每到一位雇主家就会打开视频，记录自己工作时的样子。阿姨说："离婚后我外出打工，但生活太苦了，每天也很累，心想自己干吗不找点乐趣？所

Fifth
永远别放弃做个有趣的人

以我就一边工作一边记录，没想到有这么多人关注我。"

生活从不薄待积极而认真的人。像这位阿姨一样在普通的工作中找寻乐趣，并因此收获流量、粉丝的"新网红"大有人在。

还有一位阿姨专门记录自己做菜的过程，从摘菜、洗菜到切菜、炒菜等一项不落，而她之所以有这样的举动，是为了给长年累月地置身于烟火之中的自己"找点乐子"。她开始分享自己做饭的过程。只要到雇主家，她一扎好围裙就会打开摄像头放在一边，她在烟火中翻腾着手中的炒勺，嘴里不停地念叨着食谱：什么样的菜适合高血压人群吃，什么样的糖甜度不会影响宝宝的智力发育，多吃水果对皮肤好，蔬菜吃得少有可能会造成消化不良等等。慢慢地，这位阿姨在厨房中找到了自己打工的乐趣，一边赚钱一边分享日常美食，也成了一位网红达人。

生活从不会亏待认真活着的人。我们的人生没有那么多的跌宕起伏，在生活中充满惊喜和期待，学会在简单的人生中体味生命的丰盛，也是一种大智慧。

人生很短，不要放任自己在无谓的叹息中蹉跎，在平凡的生活里，做个有趣的人吧。

邻居杨姑姑是一个特别会生活的人，主要体现在她乐此不疲地手工DIY。杨姑姑年过六旬，但对DIY的热情就像小孩子对冰激凌一样难抵诱惑。她敲开邻居们的门，端着香气四溢的粽子，手中洁白的景德镇陶瓷盘熠熠发光。粽叶不是煮过之后的陈绿色,反而仍旧保持着翠润欲滴的鲜绿色。为了保持粽子的"颜值",她特意加上一层没有经过水煮的粽叶。邻居接过不住地称赞:"吃了这么多年粽子,好吃是好吃,没想到居然还能这么好看!"

杨姑姑笑了笑。邻居邀杨姑姑进来坐,一边小心翼翼地打开粽叶,一边好奇地问制作过程。

没想到粽子不只外表惹人注意,里面的糯米也晶莹剔透,美丽的桂花花瓣就藏在其中。一口咬下去,蜜枣和桂花香气扑鼻。邻居感慨杨姑姑的手艺不仅颜值在线,味道也是一流。杨姑姑听了笑得眼睛眯成一条缝,耐心地分享起制作过程:

"第一步很重要,清洗。用清水浸泡一会儿,先让花瓣舒展开,再把残留在上面的杂质漂洗干净,千万不要放各种除菌和洁净剂之类的。

"第二步是腌制。用少许白糖或者木糖醇洒在花瓣上,腌制时间需要长一些,大概一周左右。我这是腌了五天,这样花瓣既能入甜味又不至于完全蔫掉。腌制好后,将腌出的水慢慢沥干,这时候花瓣就去掉了水分和原有的一点点涩味,而且又好看又鲜甜。

"第三步就是制作了。将制好的花瓣倒入泡好的糯米里,少量加糖后开始搅拌。这个时候要有耐心,因为关乎糖和花瓣分布是否均匀。最后就是包粽子了。你也可以像我一样,煮熟粽子后再加一层粽叶,这样更好看,就是麻烦了点。"杨姑姑说完忍不住自嘲:"我有点强迫症,非要看起来好看才行。"

Fifth
永远别放弃做个有趣的人

邻居听完一边摇头一边感慨，摇头是因为制作过程实在太复杂，而感慨是因为这么好吃的东西，自己不能想吃就吃，毕竟若是换作自己，要DIY才能吃到，那还不如不吃。杨姑姑说："这远比闲下来有意思得多。"

是的，多年的邻居们谁人不知，杨姑姑的生活并非只有这些闲情逸致。她丈夫在三十多年前因车祸离世，留下了4岁的儿子和她相依为命，为了儿子的成长，她始终没有再嫁。一个人做几份工，终于把儿子供到了大学。如今儿子已经成家立业，她的世界安静了下来。她在酸涩的生活中一直保持着热气腾腾的心。逢年过节，她会DIY月饼、汤圆、小食、蛋糕……她说，日子本来就苦、就空，为什么不活得有趣点？

杨姑姑手中正摆弄着大小不一、散开着的珍珠粒子，这是和儿子儿媳一起去厦门时，在小铺门前花150元开的3个蚌里挖出来的珍珠。儿子说："这都是骗人的。"儿媳说："妈要是喜欢，咱去正规的大店买成色好的，何必在这小店铺呢！"

可杨姑姑却执意在这小店门前停留下来。那么多的蚌堆在一个大盆里养着，看着有趣极了，50块开一个，能开出珍珠？她并不抱希望，可却能开出快乐。店员在开蚌的一瞬间，她像个小孩一样，嘴里夸张地呼着"哇——"，引得路人纷纷侧目，以为她得到了什么宝贝。儿子有些难为情，儿媳就在一旁帮婆婆捡那些开出来的珍珠，它们或大或小，成色不一……

店家问杨姑姑，要不要把珍珠加工成一些首饰，她笑着摇摇头，然后满足地把若干颗珍珠倒在透明的小袋子中随身带走了。儿媳不解地问："妈，这些珍珠开出来要是不加工一下，也没有用处啊！"杨姑姑笑得很开心，她说："等回家你就知道了！"

几天的旅行结束后，杨姑姑带着那些散落的珍珠回了家。她从梳妆台上拿出一个透明的插筒，将这些珍珠小心翼翼地倒进插筒里，透明的容器立刻变得华丽丽的。她将那些唇刷、眉笔、粉刷插进去，这些小刷子再也不摇晃了，而是稳稳地伫立在插筒中，瞬间变得又好看又实用。

儿媳看过大赞婆婆有智慧："再也不用担心刷子们挨得太紧，粘连在一起了，真的好美啊！"

杨姑姑笑着将插筒递给儿媳："看你们当时还阻止我，现在知道漂亮了吧！妈就是带回来给你用的！"儿媳推辞，可内心又喜欢得很，最后宝贝似的把这些珍珠倒进透明的封闭袋里，就像当时杨姑姑在小店铺门前装珠子时一样。这些便宜的小东西因为被赋予了使命而显得光彩夺目。

人的一生中，或甘甜或苦涩都是我们亲手粘上的标签，从来不是生活的本味。人类拥有的主动权在定义人生色彩上。既来之，则安之；即安之，则享之。如果我们无法左右他人，那么就请认真掌舵自己的生活，做个有趣的人，为人生贴上更多惹人欣喜的标签。

因皮囊自寻烦恼，不如去找找有趣的灵魂

好看的皮囊千篇一律，有趣的灵魂万里挑一。人们初听这句话时觉得多少带些嘲讽的意味，好看的皮囊谁不喜欢？想一想，这句话其实很有道理。美丽的皮囊终归要靠有趣的灵魂驱动才觉得有内容，灵魂有趣才最重要，皮囊只是凡俗之物。

时代在进步，人们的"审美"从单一的"美"转变成了对"趣"的解读，耐人寻味才是真的"美好"。所以"网红""大咖"不再只是美人，还有不少有才之人，纵观"网红"，有趣的灵魂早已占领了半壁江山。

一档民生新闻的选段出现在某视频平台中，一位大姐面对镜头，面部表情痛苦而扭曲。她已人近中年，皮肤还算不错，刚刚做了微整手术，眼睛还没有完全恢复，眉毛像极了蜡笔小新。她向栏目求助，说自己在一家美容院做了双眼皮手术，现在做完反而不如以前漂亮。以前在市场卖菜的时候，人送外号"万人

迷"，现在因为做了微整，看起来有些"吓人"，搞得大家都不愿意去她那买菜了。

  这条视频一经发布，获得了五十多万的点赞，评论区里更是热闹非凡。人们并非觉得大姐漂亮，也没觉得她做完微整后有多丑，只是觉得她的"中年天真"和"自我沉醉"可爱至极，虽然有些一言难尽，但终究可以博人一笑。人们纷纷感慨，如果身边有这样一位朋友，就不会缺少乐趣。

  相比其他年过半百的卖菜大姐，这位大姐自认为的"我以前很漂亮的，他们都知道的，都叫我'万人迷'！"确实非常有趣。她在卖菜之余追求美丽，追求美丽的路上还不忘追求品质，算得上在追求好看的皮囊和有趣的灵魂方面双管齐下。她获得的关注不是源于她的皮囊，而是她那自成一派的趣味。

  从"万人迷"大姐的"苦恼"的点击量上看出，人们的生活太缺少乐趣了。皮囊之美给人的印象一成不变，而有趣的灵魂却能带给人源源不断的惊喜。

  有人说：有些女孩以为天生一张好看的脸，就能拥有一切，这种思想太可怕了。如果她不在后天打磨灵魂，提升自己的价值和内涵，那么她的美貌最终会像阴天时夜空中的星星——别人知道可却看不见。

  拉丁舞班有一个女学员名叫Kay，其他学员多是小学生和中学生，唯有她已经31岁了，在拉丁班里她显得和周围的学员格格不入，十分惹眼，甚至有孩子在背后议论：我们的同学中有一个

Fifth
永远别放弃做个有趣的人

大人,她一定是因为小时候不努力,今天后悔了才来和我们做同学!孩子们的话既天真又锋利。

Kay没有典型的美女脸,她的眼睛细长,睫毛也有点短,微微泛黄的皮肤上打了一点粉底,嘴唇上涂着无色的护唇膏,正在练习着老师今天新教的动作。

其他家长开始也觉得新鲜:一个大人跑来和小孩子一起凑热闹,真不知道是怎么想的。慢慢地,大家发现,孩子们休息时她在练,孩子们嬉耍时她在练,即使到了周末,孩子们休息了,她还在自己的社交软件上更新练习视频。

朋友说:"多丢人啊,你这么大一个人和小孩一起学拉丁舞,找个成人班也行啊!"

Kay一边整理衣服一边说:"我也没多想什么成人小孩的,就是查到资料说这个老师教得好,老师好我认真学就行了,其他的都不重要。"

"学这个有什么用啊,咱们这个年龄了,身材和气质都差不多定型了,有这个钱咱俩一起去做个微整。你看燕子,那身材像一道闪电,前凸后翘,男朋友多优秀,听说是个富二代!"Kay看着朋友憧憬又羡慕的眼神忍不住笑了:"光有样貌哪靠得住啊!要丰富灵魂,灵魂!"说完,Kay又摆出老师教的手势,一遍又一遍,不厌其烦地练习着。

曾几何时,Kay是一个有着"异域美感"的小众美女,每天会花大把时间在镜子前舞弄彩妆,也曾花过高昂的费用做丰胸提臀,结果却遭遇手术失败,一边的胸流体发生病变,她不得不摘除。这场变故让她一改以往的人生观,开始觉得健康才是第一位的,才是最重要的。有趣的灵魂是要自己修炼的,至于皮囊还是顺其自然吧。

她意识到生命中必须有一种抓力,时刻抓着自己,让自己不要放弃。她深知,这种抓力不能靠好看的皮囊获得,于是卸掉延长的睫毛、擦掉娇媚的口红,穿上舞衣,跳舞成了她的乐趣,成了提升灵魂的有效方法。

不到两年,Kay成了拉丁舞班老师的合伙人。老师看得出她是真心喜欢舞蹈,舞蹈班也越来越火,频繁组织孩子们参加各种比赛,市内省外经常演出,需要人手,老师盛情邀请,Kay在业余时间找到了自己喜欢且擅长的副业,这是舞蹈给她的惊喜,也算得上是她送给自己的礼物。

人来人往,常年陪着孩子学舞蹈的家长们都知道Kay是一路通过自己的努力走到现在的,她的励志故事也在家长圈传开了,很多人慕名而来,希望孩子能向这位老师学习。

朋友打电话约Kay出去泡酒吧,她说来我的舞蹈班等我,看看孩子们跳舞,你就觉得世界一片美好。说着,电话这头的Kay咯咯地笑着:"小菊的手再抬高一点,茜茜的眼睛是睡着了吗?睁大再睁大……"

终日泡在美容院和酒吧里的朋友们随着岁月老去,而年复一年地扎在舞蹈里的Kay,却在岁月的流逝中闪闪发光。

Fifth
永远别放弃做个有趣的人

遇到有缘人向Kay示爱,她浅浅一笑告诉人家,自己暂时不会考虑结婚,身体也有缺陷……话还没说完,男人急切地说:"我知道你是说那次美容事故,朋友圈里不是都知道吗?正因为这样,你的灵魂更有内涵了,我看中的是你的人生态度!"Kay没有被热烈的爱冲昏头脑,但她仍然是高兴的,虽然卸掉了外在的修饰,但她的灵魂正在散发着香气,她曾经破碎的自信在一点点地通过自己的努力重新拼凑起来。

灵魂有趣,即使是孤独的,人也会像小火炉上热着的水,扑扑地冒出热气来。而这乐趣的第一和最终受益人,都是自己。灵魂有趣的人总会想方设法让自己平凡的生活开出花朵来,而自己就是那个最近的赏花人。

不去消耗别人，也不要被别人消耗

《哥斯拉Ⅱ》中有一句台词这样说道："治疗伤口唯一的办法就是和制造伤口的罪魁祸首达成和解。"这当然具有一定的讽刺意味，但其中的"和解"却不只是"握手言和"，更多的是一种"放过"。不沦陷在一场注定没有收获的拉锯中，最大限度地及时止损，不去消耗别人，也不要被别人消耗，是对自己最好的保护。

电视剧《我的前半生》中的人物唐晶是一个聪明而独立的职场精英，同时也深爱恋人，视工作如命的唐晶甚至一度决定为了爱人放弃在职场上冲锋陷阵，把更多的时间和精力留给男朋友，留给他们接下来的小家。

然而，人生之长，充满变数，男朋友不可自控地爱上了别人，这个别人正是唐晶从小到大的闺蜜。尽管男朋友内心也在备

Fifth
永远别放弃做个有趣的人

受情感的煎熬和道德的谴责，然而被爱情冲昏头脑的人却无法自醒。当所有事情坦白之后，虽然唐晶在事业上是当之无愧的女强人，可在情感当中的脆弱却表露无遗，她也不免哭泣一夜，借酒消愁，第二天一大早，拉着一只行李箱离开了。

一走就是几天，关机，没有朋友圈动态，在大家担心和忐忑的寻找中，唐晶终于出现了。她没有去找男朋友，质问他为什么移情别恋，为什么不爱人人都仰视的自己；也没有和自己的闺蜜试图重修旧好，或者来一场世纪大战。一切看起来都那么平静，她一身职业装，出现在了公司的例会上，满面笑容，还是那么明媚，但她的脸上多了一份坚毅，还有一种莫可名状的云淡风轻。

当男朋友找到她，关心地问她去了哪里，表示大家都很担心她的时候，她一脸平静，面带微笑地说："时间宝贵，不值得这样伤心浪费。"

这份从容和潇洒尽管掺杂着痛苦，也理性得多少带了点悲壮情绪，但干脆而自制的转身比起哭天喊地的留恋要有尊严得多。她不想再去消耗一颗不爱自己的心，也不能接受一个不爱自己的人贪婪地消耗自己的深情。对于此刻的她来说，不允许自己继续沉沦在别人的错误带来的伤害中，放手转身就已经是美好的开始。

人生处处有风景，如果真切地感受到眼前的处境堪忧，那就不要沉沦其中，避免因为别人的错误给自己带来二次伤害。

"和解"，更确切地说是在困境中的自救和解脱，你所怀念的"昨天"，很可能是对方已经淡然的"从前"，而这个井底之外却天高云阔。

中国有句俗话叫"远亲不如近邻",日常生活中离我们最近的除了家人之外就是邻居了。小冷和七七是上下楼邻居,小冷家的宝宝是个淘气的小男孩,幼儿园放学后喜欢在屋子里玩轮滑,这让住在楼下的七七一家苦不堪言。因为自己家的孩子还不满百天,可是楼上经常出现轮滑咕噜咕噜的噪音,让不满百天的宝宝刚睡着就被惊醒了。

这天,七七敲开了楼上邻居的门。人在情绪之下的沟通总是不尽如人意,七七的态度不善:"都是楼下邻居,你家噪音太大,吵得我家孩子都不能睡觉了!"

小冷还不知怎么回事,一开门就被邻居说了一通,而看到七七激动的情绪,自己也不客气起来,辩驳道:"我没觉得我家有什么噪音啊!"她两手一摊,表示并不知情,实则是一种懈怠态度。一来二去,带着情绪的沟通中两个人吵了起来,最终引来物业协调解决。但这件事情让两个人的心中都有了芥蒂,直到有一天,七七家的门锁被胶水堵住,不禁开始怀疑是小冷……

物业调取监控、派出所做询问笔录、业主群里喊话威胁,楼上噪音,楼下反噪音设备……总之,两家似乎拉开了一场毫无尽头的世纪大战,这让家庭里的两个女人苦不堪言,谁也没有占到什么便宜,却落得整天心情愤愤难安。

常年在外出差的小冷的老公回家听妻子说了这件烦心事后,觉得实在没有必要,他规劝道:"带孩子去外面玩轮滑,你也刚好能锻炼身体，心情好了自然什么都顺了。"

"可我实在咽不下这口气，都是为了孩子，凭什么要我们让步？"看得出来，小冷并不打算示弱。在她看来，现在争的是一口气，早已不是噪音的问题了。

"可是看起来好像是折磨楼下，实际上你心情也不好啊，你被牵涉到了这个烦恼中，消耗了别人，也消耗了自己。"老公一边夹着盘子里的菜，一边善解人意地劝说，似乎这一个月以来困扰小冷的烦恼，在老公眼里根本不足挂齿。她心里忽然觉得自己那个鼓胀的气球泄了气，而这种长舒一口气之后的舒缓居然是自己态度上的缓和带来的。

她终于敲开了七七家的门，一见是小冷，七七顿时警觉起来："又有什么事？"小冷面带微笑地递过一个手拎袋："是我给孩子买的两身衣服，尺码刚好百天左右穿。"这个举动让七七意外，让她来不及做出反应，小冷接着说："夏天来了，我儿子的轮滑可以去外面滑了，以后尽量不吵到你家小宝。"

七七原本预备迎接的狂风暴雨，此刻却变成了温柔蜜糖，她觉得眼前的小冷和一个月以前判若两人。所谓伸手不打笑脸人，七七连忙让小冷进屋来坐……

此后，两人虽然没有戏剧般地成为好朋友，彼此却很客气，她们的内心在这一场友好的沟通过后突觉释然，原来"原谅对方的最终受益人，是自己"。

傍晚时分，小冷带着儿子在小区里玩轮滑，小孩子的世界像极了在眼前演绎的真实童话，生动而有趣。

而七七迷上十字绣了,因为之前和楼上吵架,一直没有心情绣完的荷花现在就剩两片叶子没绣了,她原想着端午节绣完挂在客厅,现在端午节挂不上,就赶在中秋节挂上吧。

你加在对方身上的情绪,最终会加倍涌动在自己内心。看似一场消耗对方的激战,看似一场认怂的逃离,最终却换来自己的云淡风轻,因为不去消耗别人,也就掌控了主动权,也不会被别人消耗自己。时光宝贵,的确不值得为烦心事儿浪费。

生活的终极目标是要尽兴,要自在达观,这样才能收获最美好的生活。宽容和善意可以最直接地治愈在消耗中所受的内伤。"看山是山,看水是水;看山不是山,看水不是水;看山还是山,看水还是水",人生的这三个阶段的禅意,都是在生活百态中凸显出来的,而我们依然要谦逊地学会站在前人的肩膀上远眺。

无论你处于人生禅意的哪一个层面,都希望你能竭尽所能,告别在"消耗"中辛苦成长的自己。

享受角度转换的乐趣

不同的角度会产生不同的心态,继而促成不同的结果,产生不同的影响,或正面的或负面的……这就像一个神奇的多米诺骨牌效应。

而造成这一连串反应的最根本元素,即是身份。随着时间的推移和个人的成长,每个人的身份都会发生日新月异的变化。

唐颂品了一口茶,叹了口气说:"可怜的成年人,能不能歇一会再活啊!"

她的感慨逗笑了正在为她倒茶的朋友:"这个言论别出心裁呀!"

唐颂一脸无奈:"你不知道,我到你这里拿合同都是忙里偷闲!一会儿四点我就要去接孩子放学,然后回家要准备晚饭。你不知道这孩子有多挑食,他爸也是无肉不欢!"她续了一口茶接着说:"孩子这几天习惯了晚睡,熬得我精神崩溃,第二天公司的事根本顾不上,脑瓜仁儿疼!"

朋友一边烹茶一边听着唐颂大倒苦水:"这也是经历嘛,你看那些二十出头的小姑娘好,咱不也是从那个时候过来的嘛!你忘了你说过什么吗?要享受当下,学会享受自己的角色。"

唐颂若有所思又打趣地调侃道:"就把生活当成一部连续剧?每天一集,做好角色里的每个身份那样?"

朋友笑而不语,起身去书柜翻找东西,唐颂故意不开心:"刚说到激动处,你看你一点不入角色!"

没到2分钟,朋友拿来一份手稿,纸面有点泛黄,递给唐颂:"看看,这是我的唐小姐,当年二十几岁时给我写的手稿,看看这字里行间的激情,你现在羞不羞愧!"说完两人忍不住对笑起来。

唐颂接过朋友递来的信纸,两人以前是学生会成员,也一起创办过诗社,经常互赠文字互相激励。而今,唐颂确实离当年的激情有点远。

当我们来到这个世界时,是一个嘤嘤啼哭的婴儿,是爸爸妈妈的孩子。那时我们的身份决定了我们最重要的任务是健康活泼地成长。

当我们慢慢长大,是一个嬉笑打闹的少年,不只是爸爸妈妈的孩子,也是老师的学生、同学的伙伴、朋友的死党……于是我们的角色开始发生细微的变化,我们不仅要健康快乐地成长,还

永远别放弃做个有趣的人

要好好学习、天天向上,要对同学友善、对好友忠诚。

成年后,我们终于如愿以偿地奔出了学校的大门,踏入了新奇的世界,那是一扇我们在梦里反复描绘过的大门。我们在岁月的流逝中,从父母怀里娇惯的孩子成了他们的希望,或者说由被他们俯视到令他们仰视;我们也开始成为公司中的一员,有自己的领导和同事……社会角色逐渐多元起来。

少年与成年的角色认知,最本质的区别不在于身份的不断变化,而在于开始意识到责任。

比如,少年时代的我们会向父母讨要自己喜欢的东西,认为没有得到就是他们不够爱自己,我们内心会委屈;而成年后,我们终于明白根本无法通过物质来准确衡量爱的浓度,我们不再觉得年迈的父母会让自己在伙伴面前不够光鲜,我们会在心底里默默祈祷他们长命百岁……

我们的身份对于父母来说从来没有变过,不过是在成年以后意识到了责任,将自己的角色不断校正罢了。

迈过25岁的大门,我们陆续开启了一段全新的人生,这将是一段美好与忧虑并存的人生。我们有了自己的另一半……还有另一半的家庭,几年后,我们也许为人父母……总之我们在社会上的角色不断地转变着、扩展着,而责任,想来从不是纵向加重,而是被不停地以网状的形态展开、交织。

不过,如果生活圈可以按原则来捋顺,那将是多么简单的编程?可人们多信奉情大于理,于是各种纠纷随之而来。

人生很短，
我决定活得有趣

在无数事实面前，当下的情况是这样的：在我们共同建设的感情中，结果如果是好的，我们觉得是理所应当，如果不好，我们心存介怀。在此，我想更正，亲爱的：如果是好的，你要放在心里暖着对方的心，如果是不好的，你心存介怀也没关系，因为时间会冲淡一切怨恨。可你总要知道，不是所有人都应该对你好，不是所有人都应该对你爱的人好，他们的付出有一个最重要的介质，就是你自己。所以，爱你，你要回应，爱你所爱，你要感激。

人生就像一个漫长的多米诺骨牌效应，不到最后不知所为。可这个效应里的第一张骨牌，是我们自己……

唐颂读着，中间偶尔忍不住笑出声："这也太酸了！"

朋友一边品茶一边悠闲应声："青涩吧？所以也可爱，让你看看敏感又向上的奋进劲儿！"

唐颂感慨万千地放下手稿，续了口茶："现在的生活节奏太快了，往往跟不上角色，真的像需要有超能力一样。"

"你有工作，至少是一个小公司的老板；你有女儿，好多人羡慕她的舞蹈天赋；你家先生，虽然不够完美但对孩子很好；你的父母，虽然没有雄厚的财力，但至少不用你照顾……这样算下来，你就快成人生大赢家了，有多少人羡慕你，你与其消极对待，不如积极享受，享受每一个身份给你带来的乐趣！"

朋友说起这些话的时候，像一个归隐的智者。唐颂差点就忘了，朋友的丈夫刚刚离世两年半，如今她气定神闲地给自己说扮演好生活的每一个角色，忽然有些许感动。

唐颂说："与其挣扎，不如享受，与其抗拒，不如乐在其中！今天这合同啊，我是取对了！"

任何人的生活都未必一帆风顺，但展现给别人的永远是光鲜亮丽的一面。每个人寻找乐趣的方式千差万别，有人从低级趣味中寻求慰藉，有人从简单事物中获得乐趣，也有人从复杂的情境中感知乐趣。而涉及"感知"层面的乐趣，算得上是高级趣味了。

"身份"的认同及其与自身的契合，有赖于我们全身心地投入到生活的这场大戏之中，而置身其中又何尝不是一种乐趣呢？

灵魂有趣，任何生活都会变得超级甜

  2020年的春节和以往有些不一样，这一年的春节"首档"，迎来的是一种叫作"新型冠状病毒"的肺炎，它似乎来势汹涌，不讲慈悲，在中国乃至世界范围内蔓延开来。

  人类的命运仿佛一瞬间由不得自己掌握，在如此严峻的考验下，人类真的要妥协吗？世界万象缤纷，人们面对疫情所展现出来的状态同样也千差万别。在病毒面前，每个人都没有钢盔铁甲，但有一些人却有着钢铁般的意志，在事关生死时依然保留着生活的情趣。

  这世界，从来不缺变着花样活着的人，包括武汉的同胞们。1月27日，在武汉人民自我隔离的一片寂静中，一个"约定"瞬间让人们沸腾，消息这样写道："今天晚上组织唱国歌，晚上20∶00开始，届时大家打开阳台窗户去唱就可以了，请各位邻

Fifth
永远别放弃做个有趣的人

居把此消息通知到各楼栋群,然后截图发到各自群里,晚八点,不唱不散!19:55:00统一关灯,19:59:50开始10秒钟倒计时,20:00准时唱《义勇军进行曲》,唱完大喊三声武汉加油!20:09:50十秒倒计时开始唱第二首,20:10唱《我和我的祖国》,唱完大喊三声武汉加油!!!"

结果可想而知,武汉再次登上热搜!大厦明亮的LED上滚动着:武汉加油,中国加油!人们推开窗子,隔空呐喊,遥远对唱……点开视频的人,无不落泪,这是一种令人激动的情愫。这天夜里,数百万武汉人为国家贡献了一场特殊的春节大合唱,他们高喊"武汉加油!中国加油"的时候,滚烫的热泪应该是流回心里的。

大难当前,有的人还没有被疫情打倒,就已经被自己的意志打倒了。他们诚惶诚恐,日不能安、夜不能寐……身体的免疫力开始由内而外渐次下降。可是我们也同时听到了这天夜里,来自祖国千里之外的呐喊声,他们不是不恐惧,但他们有勇气战胜恐惧。很多武汉人在微博里说,那天夜里他们睡了一个安稳觉,因为他们觉得自己获得了神秘的力量,那就是对生活的热忱和勇气。

我们不禁为那个隔离在武汉的出租屋中,还在做瑜伽锻炼的姑娘点赞。她微微上妆,淡淡的口红显得气质格外出众,镜头之内,看到的背景中还有没吃完的泡面。她的齐肩秀发看起来刚刚打理过,一身居家服舒适又干净。当别人陷入疫情的恐慌之中而

**人生很短，
我决定活得有趣**

忧心忡忡时，她手脚并用，对着镜头练起了瑜伽……

我们不禁因那个驰援武汉，趁着中午吃饭的空隙，对着镜头走起模特步的白衣天使感到开心。在任何环境下，她都能走出自信、走出美丽，即便在几步之后，我们看到了她疲惫的双眼和腼腆的一笑。

当那些美丽的护士走上前线之后，为了更方便快速穿脱防护服，她们剪掉了自己苦留多年的长发，一个个齐耳短发的天使们出现在镜头前。有年轻的姑娘流露出不舍，年长一些的姐姐们便乐呵呵地说道，以后再长嘛……全国人民都觉得没有比她们更美的人了，灵魂之美完胜一切颜值！

她们的灵魂之趣在于贡献自我，这是最高级的趣味，最有境界的趣味，也是最令人敬仰的趣味。

只要内心乐观、充满美好，不分年龄和身份，都能够在自己的人生中活出满分，成为人生赢家。

人们除了变着花样地活得更精彩、更自信之外，也脑洞大开地与自己的宠物逗趣。在网友的镜头记录下，人们看到主人将宠物狗系好安全带，小心翼翼地顺着窗口放下，刚一着地，小家伙就撒了欢儿地奔跑，好久没有肆意狂奔的小家伙就像刚刚来到世界一样觉得一切都那么新奇。

而楼上这一头的主人，因为单元门封锁不能下楼，则把狗绳改装成长长的牵引绳，既让狗能下得去、遛得了，也能上得来。

网友们纷纷评论：主人有爱又搞笑，狗子幸福又幸运。

Fifth
永远别放弃做个有趣的人

疫情之下,人们的行动受困,但灵魂和思想却并没有被封锁,层出不穷的生活段子就是对疫情最积极的回应。

小到面对生活,大到面对生死,有趣的灵魂会让生命变得更有厚度。

时间去哪，你的灵魂就在哪

把时间放在脸上，修饰了岁月的痕迹，你可能会由此变成美女；把时间放在学习上，就算不能成就高学历，但你肯定会增长见闻；把时间用在投资上，即便无法让你变得富有，可会给予你经验和教训；把时间放在家庭上，就算不能"万事兴"，却可以收获笃定不变的亲情……时间是公平的，心在哪，时间就在哪，行动就在哪，收获就在哪！

雅丹年过四十了，姐妹群里讨论练习毛笔字，她有些不好意思地说："这么大岁数想提笔，晚不晚？"姐妹们告诉她："只要想学，什么时候都不晚！"

这是一个大家自发组织成立的微信群，主题都是有关学习新事物的。雅丹最近越来越迷恋毛笔字，下了班回到家，打理好生活上的琐碎事，就会坐下来刷群，看看有没有布置新任务，比如

Fifth
永远别放弃做个有趣的人

抄写经书、唐诗宋词、经典古文之类的。一向在生活上特别节俭的她，还特地从网上买了大大小小10支狼毫笔，排在书桌上别有一番韵味。她摊开宣纸，文房四宝配备齐全，然后开始饶有兴致地"做作业"。

老公看到她这个架势，觉得有些胡闹："上了一天班，回到家里歇一歇吧，你又坐在那里，你不是说颈椎不好吗？"

雅丹摇摇头："做自己喜欢的事就不觉得累了！"然后继续练起字来。

群里最近布置的任务是书写小篆体，笔画颇多，结构复杂，大伙都嚷嚷着练不好，没等写完，过多的笔画重叠在一起，墨水互染，一团黑！雅丹没说话，她喜欢这种复古风的小篆体，写得不亦乐乎。虽然姐妹们提的问题自己都不陌生，但她就是一根筋地坚持不懈地练习，完成一张后便拍照发到群里晒晒，从《陋室铭》到《爱莲说》，再从苏轼到李清照，慢慢地，群里一片称赞。大家都不禁惊叹："雅丹真是内秀，不显山不露水！以前怎么从来都不说啊！"其实雅丹内心很清楚，哪有什么内秀？只不过是自己的坚持换来的结果。下了班，在别人刷抖音、玩游戏、网上购物的时候，她选择把时间投入笔墨纸砚之中，写出一笔一画，慢慢地从横平竖直到笔走龙蛇。

时间最易把人抛，但如果你能在樱桃红了、芭蕉绿了之前赶快动起来，那么收获迟早会来。雅丹在群里从默默无闻变成了一个励志达人，聚会的时候还被当成模范推出来，她有点不好意思地说："兴趣和坚持是最好的方法，如果你觉得自己做的事情有趣,那么时间在哪,收获就在哪。"

素素爱好摄影,她没有特别专业的数码单反相机,一部手机就是她最好的镜头。

夏天,她早起去拍晨露,透明的露珠摇摇欲坠,在她的镜头下晶莹剔透。她也拍早秋,枫叶泛红,微微晕染的模样美不胜收。冬天的皑皑白雪,在素素的镜头下更显干净。她为了拍一个农家雪景,会特地去长白山附近的村寨采景,拍大鹅在雪地里戏耍的样子,活灵活现。而在转眼又来的春天,她镜头里出现的则是柳叶抽新、杨柳依依,河水微微荡漾,冰层化开的裂纹……她把自己的业余时间全都给了摄影。年复一年,仅凭一部手机,她就给闺蜜们拍出了大片一样的外景照片。而当有机会拜名家为师时,她兴奋得像个得了奖励的3岁孩童。

如今,素素一边忙着自己的工作室,一边做着摄影爱好者,已经颇有成绩。素素人如其名,不化妆、不耀眼,一脸的悠然自得,宛若出水芙蓉。她做着自己喜欢做的事,并将生活和爱好融为一体。

没有人是轻松的,在快节奏的生活里,很多时候灵魂可能无处安放。素素足够幸运,她有一个私人定制的巢穴——她的爱好可以让灵魂找到一处安稳的栖身之地。只要愿意为它投入时间,就能从中得到收获,灵魂也会变得饱满、立体起来。

如果你是一个对生活观察细致入微的人,就不难发现公园里

Fifth
永远别放弃做个有趣的人

偶尔会有一些"民间组合",他们年岁已高,每个人手里拿着不同的乐器,组合在一起俨然是一场"听觉盛宴"。

Lina感叹平日里生活得被动单调,可谁说熟悉的地方没有风景?只是少了一双发现美的眼睛而已。

她被一个小乐团所吸引,一首首民歌传递出的情感让她顿觉温暖,她觉得那些奏乐的老人家非常可爱。

一首《十送红军》引得在场的所有围观者拍手叫好。乐团成员放下乐器喝水歇息,距离Lian最近的是一位年约六旬的大爷,也是乐团的队长,他双手执笛,右手的无名指上戴着一枚戒指,Lina知道那是他和爱人的婚戒。

无名指上已有深深的"戒痕",这是一枚饱经几十年风风雨雨的戒指,更是一份默契与深情的守候,就像他和自己心爱的笛子一样,没有朝夕相伴,感情就不会有厚度。

Lina听说,这位大爷并非"科班"出身,只是因为喜欢,所以自学了长笛,人群中时不时地传来夸赞他们的声音,老人家摆摆手,说:"几个爱好搭边的人成天在一起磨,就算是学习了!"说罢,你一言我一语,他们追忆起共同切磋的美好时光。那是属于他们的独家记忆,如今回忆起来依旧散发着独特的光芒。

外卖小哥雷海夺得《中国诗词大会》第三季总决赛冠军,这一消息一度成为网络爆点,令很多人不由得惊叹!人们开始探寻他为什么记忆力惊人,能够如"诗词库"一般将那么多律诗绝句流利地背诵出来。可是当了解到他背后的努力时,就觉得这样的结局并不意外了。

　　雷海会在送餐的途中心里默背诗词,到了店里等餐的时候也会拿出手机或是书来读诗词。因为条件有限,没钱买书时就会到书店里边看边背,然后回来默写出来,第二天再到书店去校对。就这样,他攒了一本又一本的"手抄本"!仅仅因为兴趣、因为喜欢,他便14年如一日,坚持不懈。他完美地诠释了什么叫执着,而这份执着也支撑着他穿梭于风雨之中,无怨无悔。他有一颗淡定从容的心,以此来面对人生的苦与乐。

　　活出滋味就像是给白水煮的青菜添加佐料,如果每个人的生活都是一锅白水煮青菜,那么有趣的灵魂便是最能让人品出滋味的那一粒盐。